KITCHENER PUBLIC LIBRARY

D1189739

Château de banlieue

DU MÊME AUTEUR

Le brigadier de Gosley, roman, Éditions Trois-
    Pistoles, 2009 (lecture théâtrale par le Nouveau
    Théâtre Expérimental, mai 2011)

Un poisson sur l'herbe, roman, Éditions Sédes, 2003

Au non-plaisir de vous revoir, roman, Lanctôt
    Éditeur, 2002

CAROLINE MORENO

Château
de banlieue

roman

Les Éditions de La Grenouillère

Les Éditions de la Grenouillère remercient de son soutien financier la Société de développement des entreprises culturelles du Québec (SODEC).

Gouvernement du Québec – Programme de crédit d'impôt pour l'édition de livres – Gestion SODEC.

—

Mise en pages : TypoLab
Œuvre en couverture : André Brosseau
Photo de l'auteur : Sergio Reyna

—

CATALOGAGE AVANT PUBLICATION
DE BIBLIOTHÈQUE ET ARCHIVES NATIONALES DU QUÉBEC
ET BIBLIOTHÈQUE ET ARCHIVES CANADA

Moreno, Caroline
      Château de banlieue
      (Collection de la grenouille bleue)
      ISBN 978-2-923949-03-1
      I. Titre.

PS8576.O641C42 2011   C843'.6   C2011-940391-9
PS9576.O641C42 2011

—

Les Éditions de La Grenouillère
C.P. 67
Saint-Sauveur-des-Monts (Québec) J0R 1R0

Dépôt légal, deuxième trimestre 2011
Bibliothèque et Archives nationales du Québec
Bibliothèque et Archives Canada
© Les Éditions de La Grenouillère, 2011

ISBN 978-2-923949-03-1

Quand le cœur est trop seul, il perçoit des ombres
Cela arrive même quand la lune est pleine

France Bonneau, *Au bout de l'exil*

À ma sœur Geneviève

PREMIÈRE PARTIE

D'UN SEUL COUP, je me suis sentie en train d'observer la scène. Comme si je n'en faisais plus partie. J'entendais le bruit des couverts, les conversations, le bouchon que l'on extrait d'une bouteille et qui fait ploc!, des voix qui disaient : « Il faut te reprendre en main, Laurette... », « La vie continue ! » Et puis, les sons ne me sont plus parvenus. Or il m'a semblé que, sans un accompagnement des voix, les mimiques, les regards, les sourires paraissaient faux, discordants.

Depuis le début du repas, Gustave, sa sœur, son beau-frère, ma sœur Pauline et Hubert son mari s'employaient à me convaincre d'oublier, de passer à autre chose afin qu'ils puissent oublier et passer à autre chose. « La vie continue. » Il y avait les voyages, le cinéma, Handel, Bach, Mozart, le soleil, le vin, vingt ans d'amour, vieillir ensemble, les neveux, les nièces, parrainer un enfant, plein de raisons de se cramponner. Deux ans de deuil, n'est-ce pas suffisant ?

Comment vit-on un deuil ? D'abord, est-ce que ça se vit ? Pour ma part, ce deuil me tuait. Je ne le vivais pas. Je le mourais. Il se répandait en moi tel un acide qui brûle tout. Je regardais leur bouche s'ouvrir sur un morceau de viande, le mâcher, aspirer une gorgée de vin, déglutir, sourire, grimacer. Je les voyais piquer les aliments, les découper, les entasser sur leur fourchette, les porter à leur bouche et j'ai su que j'allais me lever et partir. Ils allaient me suivre des yeux, échanger des regards entendus, des remarques. Puis, ils s'inquiéteraient de mon absence qui se révélerait définitive. J'ai déposé ma serviette sur la table, je me suis levée et je suis partie.

J'ai ouvert la porte, j'ai descendu l'escalier, cinq marches, j'ai respiré un bon coup et je suis entrée dans la nuit.

*

Hanna affirmait que tout était écrit. Tout. Noir sur blanc : « La date, le jour, l'heure, les circonstances de ta mort. *Tout* est écrit, compilé dans *le* grand livre. T'as aucun pouvoir là-dessus. T'attends ta page. »

Hanna, que l'on surnommait « Prémonition » avec un amusement mêlé d'effroi, passait pour quelqu'un d'étrange. Elle faisait des rêves qui avaient tendance à se matérialiser. Elle les mettait par écrit et les accompagnait de chiffres, de symboles, de dessins. Cette tâche occupa bientôt une grande partie de son temps. Les rêves, la nuit, le jour, tout s'emmêlait. Dans la crainte d'un oubli, d'un vol ou d'un feu, elle conservait sur elle toutes ses notes. Jusqu'au jour où l'idée de refermer derrière elle une porte lui était devenue insupportable. Elle n'avait plus mis les pieds, ni chez elle, ni au travail, ni ailleurs. Certains prétendaient l'avoir aperçue serrant contre elle son paquet de feuilles. Ils disaient qu'elle parlait toute seule. Qu'elle portait hiver comme été un manteau rose, un foulard vert pomme noué sous son menton. Puis un jour, la nouvelle avait fait la une : le corps d'une itinérante avait été découvert, les bras en croix, en plein hiver. Une feuille de papier était restée accrochée à son manteau rose. Sa page. La dernière. Le reste s'était envolé.

*

Il s'est mis à pleuvoir. J'ai traversé les rideaux de pluie jusqu'au petit matin alors que les rayons du soleil entreprenaient de les décrocher un à un et transformaient toute l'eau déversée en autant de petits miroirs. Dans le parc, les bancs étaient encore humides. Je me suis assise pour observer les rayons aspirer les flaques d'eau.

Puis, le soleil a pris possession du ciel et de la terre. Dans le parc, le vent berçait les feuilles des arbres, les enfants se balançaient en riant. Les tout petits faisaient des gâteaux de sable. Un homme fumait. Il en étudiait de la pointe d'un crayon le journal qui recouvrait la table comme une nappe. Quel jour était-ce ?

*

Un mardi. C'était un mardi. À l'appel des policiers, mes genoux ont fléchi, incapables de supporter le poids de mon corps, le poids de l'horreur. J'ai éprouvé une sensation de vertige qui ne m'a jamais tout à fait quittée. Sur les lieux de l'accident, Gustave m'avait devancée. Virgile gisait sur le sol, disloqué, caché par une couverture. Tout autour, des gens s'agitaient, impuissants.

J'avais voulu hurler jusqu'à me désagréger. Je n'ai pas su.

*

Si mourir est cesser de vivre, alors, à cet instant précis, je suis morte.

*

Mes mains ont agrippé les bras, les épaules de Gustave, cet homme qui me devenait soudain étranger, cet homme chancelant. Mon corps tout entier hurlait sa douleur, moi je ne savais pas. Je chancelais agrippée aux bras, aux épaules de Gustave, l'entraînant malgré moi dans une danse chaotique.

*

Sagesse, son collègue de travail, n'avait pu empêcher le drame qui se tramait dans son dos. Il était, et resterait, pour l'éternité, le dernier à lui avoir parlé, le dernier à l'avoir entendu, le dernier à avoir senti sa présence. De désespoir, il se tordait les mains en répétant à qui voulait l'entendre : «J'ai perdu un fils, j'ai perdu un fils.»

*

Mon regard a surpris la silhouette d'un homme perdu dans la contemplation de son âme. Parcourue de tremblements, seule sa main droite semblait empreinte de vie, lui communiquant l'allure d'un chef d'orchestre possédé par son génie.

Une femme creusait le sable qu'elle raclait de ses pieds en se balançant. La femme riait. Rien ne semblait lui paraître plus amusant que ce trou dans le sable qu'elle creusait de ses sandales roses et qui s'élargissait à chaque nouvelle poussée.

Sous un autre banc, roulé en boule, dormait un jeune au crâne hérissé de clous. Il avait pris soin de retirer ses bottes et les avait alignées à la hauteur de sa tête hirsute afin, semblait-il, de défier quiconque de les lui voler.

À l'abri de l'infini, j'ai éprouvé un vague sentiment de paix.

*

Je me suis endormie. À mon réveil, les mouettes et les pigeons se disputaient à grands cris le bleu du ciel que j'aurais voulu remuer à la recherche d'indices. Virgile?

Plus on cherche, plus on se perd.

*

Il porte un sac en bandoulière, un chapeau cloche qu'il ajuste. Qu'il est beau! Mon cœur se gonfle comme une éponge gorgée d'eau. Virgile ajuste son chapeau puis m'adresse un petit signe de la main.

Il esquisse quelques pas à reculons et me lance :
« T'oublies pas. Ce soir, je te fais des pâtes. Toi, tu
t'occupes du vin. »

Une heure plus tard, il basculait dans le vide.
« Paf ! » Dans la marge de son carnet, il avait noté : « Je
suis pressé d'être heureux. » En a-t-il eu le temps ?

*

— Maman, pourquoi les bibittes ont des ailes ?
— Pour voler.
— Moi, j'en avais trouvé une mais quand je l'ai
prise, je lui ai brisé les ailes mais sans le vouloir,
maman, c'est vrai ! Ça repousse les ailes, maman ?
— Maman ?
— Virgile ? Virgile !

*

— C'est plate à dire, Laurette, mais... la vie
continue.
— Prends la femme qui a perdu ses cinq enfants
dans l'incendie de sa maison...
— L'autre qui...
— Tu pourrais... vous pourriez envisager...
— J'ai une amie qui...
— Je connais un couple...
— Non !

*

La nuit dormait. Quelques rares voitures poussant à
fond leur moteur troublaient son sommeil. La nuit

dormait et je me rappelais. Qui a-t-il d'autre à faire quand on a tout perdu ?

J'avais cru au bonheur. Mais un jour, tout s'arrête. Il n'y a plus de bonheur. Il n'y a que les souvenirs qu'il nous a laissés et qui font mal.

*

Sans attaches, les repères fondent. Ce sont nos pas qui nous guident, notre cerveau ne commande plus rien. Il obéit.

*

Yvonne m'avait dit que lorsqu'on souhaitait très fort obtenir quelque chose, on n'avait qu'à l'écrire, le réécrire, comme une incantation. À l'époque, elle était amoureuse d'Antoine. Elle traçait son nom dans ses cahiers, ses livres d'école, sur son pupitre. Elle écrivait *mariage* et *enfants* aussi. Même dans la cour d'école avec des craies blanches sur l'asphalte. Les autres filles dessinaient des marelles. Yvonne, ses mots magiques : *Antoine, amour, mariage, enfants, A aime Y*. Dans son petit cercueil, sa robe était blanche. Il y avait des fleurs, blanches également. Des lys, des roses, des œillets, des glaïeuls. Mais ça, je l'ai su plus tard, quand j'ai étudié leur nom. Tous ses compagnons de classe étaient venus lui rendre hommage. Indifférent à leur présence, Antoine pleurait à chaudes larmes. Du bout des lèvres, à quelques pas de lui, je répétais ce mot nouveau que j'aurais voulu ne plus faire exister : leucémie, leucémie, leucémie.

Quand Virgile m'a été repris, j'ai rempli de son nom des pages entières. Les murs aussi, les placards, les garde-robes, derrière les meubles, sur les napperons de papier dans les restaurants où je ne mangeais pas ou sans appétit, dans les livres, dans les journaux de Gustave que je ne lisais pas. J'écrivais *Virgile* en majuscules, en minuscules, j'écrivais carré, attaché, de droite à gauche, de gauche à droite, en pattes de mouche, en grosses lettres, à la verticale, à l'horizontale, en diagonale. Je l'écrivais avec parfois, au lieu de points, des cœurs au-dessus des « i », j'écrivais *Virgile* sans savoir où poser les yeux pour le voir apparaître.

*

J'ai cru avoir somnolé, mais la forte lumière indiquait un jour nouveau. J'avais dormi sur le banc et chaque vertèbre de mon dos s'en ressentait. Je parvins néanmoins à me positionner de manière à me tenir assise. À mon étonnement, une paire de vestons-cravates me dévisageait dans un synchronisme parfait de compassion. L'attention dont j'étais l'objet me contraria. Espérant me débarrasser au plus vite des deux énergumènes, je les devançai en leur demandant ce qu'ils avaient à vendre.

— La Vie éternelle.

— Vous arrivez deux ans trop tard.

Le porte-parole officiel, l'œil arrondi, par la justesse de la réplique qu'il s'apprêtait à m'infliger, me susurra :

— Il n'est jamais trop tard pour accéder au royaume de Dieu !

Et pour donner foi à cette bonne parole, son double, mu par un quelconque mécanisme, me brandit un cahier de l'épaisseur d'une circulaire sous le nez. Cédant à la menace oculaire qui sévissait contre moi, l'œil atteignant le volume d'une oreille, je lus le titre : *Réveillez-vous!*

— Un catalogue d'horloges?

C'est à peine si ma plaisanterie provoqua une légère contraction de leurs lèvres soudées.

— Vous savez qui nous sommes?

J'attendis la réponse. Une fois le morceau craché, ils disparaîtraient comme ils étaient venus.

— Nous sommes Témoins de Jé-ho-vah!

Le ton employé, celui de la transcendance, davantage que la révélation en elle-même, amena sur mes lèvres un sourire de Joconde. Leur foi inébranlable n'admettant aucune contrariété, les deux disciples m'adressèrent leurs salutations distinguées, avant de me tourner résolument les talons, m'abandonnant à mon triste sort et à ma lecture salvatrice, redoutable chasse-mouches.

*

La faim me rongeait le ventre comme un rat. Je me mis en quête d'un morceau à me mettre sous la dent, les jambes aussi solides que des roseaux.

Bientôt, je sus que j'approchais du marché. Une foule nonchalante d'après-midi d'été s'y attardait. Des pyramides de fruits coupés tenaient en équilibre sur des plateaux exposés au-dessus des étals des marchands. Les montagnes orange, jaunes, rouges, vertes se défaisaient sous les mains avides.

Les fruits et légumes trop mûrs ou entaillés s'entassaient dans les caisses destinées aux ordures. Une autre clientèle se formait tout autour. Chacun procédait à une lente et méticuleuse sélection qui imposait le silence. Les passants faisaient mine de ne rien voir ou de trouver ça normal.

Une pomme débôula. Alors que j'esquissais le geste de m'en emparer, la lame d'un couteau l'intercepta. Mon regard capta celui d'un homme où semblait se refléter l'acier de la lame, m'inspirant une frayeur à glacer le sang. Son œil droit clignotait comme une étoile. Le serpent tatoué sur la courbe de son épaule, sous l'effet de l'action des muscles, donnait à penser qu'il allait ouvrir la gueule pour m'avaler tout rond. Ayant repéré les toilettes pour dames, je m'y rendis promptement, profitant de l'endroit pour me soulager et me rafraîchir.

Une maman nettoyait le bec couvert de fraise de son enfant et me lançait des coups d'œil à la fois inquiets et réprobateurs. Le monde dans lequel elle évoluait était propre et odorant.

À l'extérieur, nulles traces du lanceur de couteaux.

*

L'été, tout est plus facile : les vêtements suspendus aux cordes, l'accès aux piscines publiques avec douches et savon liquide, fontaines d'eau, restes de pique-nique et de cuisine de restaurant, tomates et concombres des jardins communautaires, balançoires de jardin avec toit, hamacs, pneumatiques, chaises longues, pelouses parfumées de soleil, branches d'arbres chargées de feuilles et d'oiseaux.

Mon départ, cependant, ne pouvait être celui d'une seule saison. Il était sans retour.

*

Je faisais redécouvrir à mes orteils la sensation délicieuse de fouler l'herbe du parc. Des corps blanchâtres offraient leur nudité et leurs bourrelets de graisse au soleil. Des pieds pourchassaient des ballons, enfonçaient des pédales, s'élançaient sur des roulettes. Les marchands de glaces actionnaient leurs clochettes. Un homme au ventre rond de femme enceinte peinait à suivre son chien tenu en laisse. Les enfants couraient vers leur liberté nouvelle. Les cerfs-volants virevoltaient dans le ciel. Les mouettes, alourdies par leurs excès de table, criaient leur éternelle réprobation.

C'était un jour de chance car j'aurais pu emprunter un autre chemin ou ne pas poser les yeux sur les billets de banque pliés en quatre, comme repassés au fer, emprisonnés dans un bouquet de trèfles à quatre feuilles. Or, aux palpitations de mon cœur, j'ai su que je mettais la main sur ce qui allait faire le bonheur de mon estomac. J'ai fait disparaître les quelques dollars trouvés dans la poche de mon pantalon et, sans prendre la peine d'échafauder de plans, j'ai remis mes chaussures et je suis entrée dans le premier restaurant visible : Le Miracle – Déjeuner 24 heures. Je me suis glissée sur l'une des banquettes décolorées en simili cuir et j'ai commandé deux œufs tournés avec saucisses et frites. La serveuse a posé le journal devant moi comme pour m'en imposer la lecture.

À chaque bouchée, je tournais nonchalamment les pages marquées par les empreintes des doigts des lecteurs successifs, ne m'attardant qu'aux grands titres :

AGRESSÉE SEXUELLEMENT, LA JEUNE
FEMME S'EN TIRE AVEC DES BLESSURES
SUPERFICIELLES

UNE BRANCHE D'ARBRE FAIT UNE VICTIME :
LE CORONER CHARGÉ DE L'AFFAIRE ÉTABLIRA
LES CAUSES EXACTES DU DÉCÈS

LES IMPLANTS FESSIERS DE PLUS EN PLUS
POPULAIRES

UN PÉDOPHILE RECONNU COUPABLE
D'ATTOUCHEMENTS À L'ENDROIT DE JEUNES
MINEURS ÉCOPE DE 11 MOIS DE PRISON

AVIS DE SMOG EN VIGUEUR

MONTRÉAL PRIS D'ASSAUT PAR LES TOURISTES

LE FORCÉNÉ ABATTU PAR LES POLICIERS :
ON NE CRAINT PAS POUR SA VIE

DISPARITION DE LAURETTE CHARDONNET :
AUCUNE PISTE

10ᴱ ANNIVERSAIRE DU PLUS AUDACIEUX VOL EN SÉRIE

Aujourd'hui marque le 10ᵉ anniversaire de ce qui demeure les plus audacieux vols de l'histoire du Québec lors desquels deux individus déguisés en agents de sécurité et circulant au volant d'un véhicule peint au nom de la célèbre agence SÉCU-ARGENT, ont déjoué la vigilance de trois banques et de deux supermarchés où ils ont réussi à se faire passer pour des employés venus recueillir les recettes de la semaine lesquelles totalisaient plusieurs millions de dollars. Jusqu'à ce jour, l'identité des malfaiteurs reste inconnue, mais il pourrait s'agir d'individus ayant purgé différentes peines pour vols et recels. Marcel Rochon et Rodrigue Rodriguez sont recherchés comme témoins importants dans cette affaire. La police croit que les deux hommes pourraient avoir quitté le pays ou vivre sous une fausse identité.

La serveuse m'a resservi du café, inondant la soucoupe et le journal que le papier a bu. Découvrant le résultat de sa distraction momentanée, elle a de façon machinale passé un coup de chiffon sur la table, sans parler. Son visage n'exprimait plus que l'usure. C'était tout dire.

J'ai trempé mon doigt dans l'encre noir du café et sur le napperon en papier j'ai écrit *Virgile*.

*

À ma sortie du Miracle, le soleil m'a sauté aux yeux. Je me suis mise à tanguer comme sous l'effet d'une houle. Mes mains ont cherché à s'accrocher au vent aussi insaisissable qu'une vérité. Une chanson s'est emparée de ma tête. Je savais qu'elle continuerait à tourner en rond.

Nos vies sont comme des petits bateaux
Qui prennent l'eau, qui prennent l'eau

Progressivement, comme au théâtre, le décor s'est posé. La façade du restaurant s'est fixée derrière moi ; sous mes pieds, le trottoir s'est déroulé pareil à un tapis avec ses nombreux passants qui semblaient très bien savoir où aller. Je leur enviais leur normalité d'automate. Devenir un être de souffrance est un processus irréversible, ai-je pensé.

Pour mieux voir la scène, j'ai pris place à côté d'une femme rondelette qui soufflait la fumée d'une cigarette qu'elle ne fumait pas. La femme remuait le torse de l'avant à l'arrière, dans un balancement de chaise berçante.

On ne peut jamais savoir
De quel côté le vent va tourner
On ne peut jamais prévoir
Où il va nous emporter

Comme sous l'effet d'une levée de rideau, une manche munie d'un verre en carton a jailli d'un manteau barbouillé de crasse. J'ai réuni quelques pièces que j'ai déposées dans le contenant tendu, semblait-il, pour trinquer. Puis, je suis retournée m'asseoir.

Je t'ai invité à bord
Appel que tu as ignoré
C'est vrai que j'roule pas sur l'or
Mais sur une mer agitée

À travers une frange grouillante des poils et l'espace d'un instant, se sont allumés les feux de deux yeux. Puis, les feux se sont éteints. Un vol de lucioles. J'observais, fascinée, le manège se répéter chaque fois qu'une main charitable et pressée jetait dans le réceptacle une poignée de pièces qui faisaient tinter les autres.

Entre nous, passaient des gens. Des tas de gens. Ils marchaient vite, portaient des paquets, des lunettes de soleil, poussaient des landaus, se bousculaient, parlaient, criaient, riaient, léchaient une glace, les vitrines des magasins.

Nos vies sont comme des petits bateaux
Qui prennent l'eau, qui prennent l'eau

L'homme portait un manteau barbouillé de crasse, un pantalon usé à la corde, et des bottes de pluie fendues aux orteils.

On ne peut jamais savoir
De quel côté le vent va tourner
On ne peut jamais prévoir
Les vents et les marées

Entre nous, se pressait un cortège des magasineurs. Derrière moi, se pressait celui des véhicules. Derrière l'homme, un mur. Gris. Comme lui. Comme la nuit, les chats. Devant l'homme, un banc sur le bord duquel j'étais assise. Quand l'homme, au manteau usé et aux bottes de pluie, hissait sa tête sur son cou, nos regards se touchaient.

> *J'ai ramé en sens contraire*
> *Comme un vrai désespéré*
> *On est tous dans la même galère*
> *C'est quoi le prix à gagner*

À côté de moi, la femme fut secouée d'un rire à démonter les lames de bois qui supportaient nos postérieurs. Derrière sa main retournée, elle faisait mine de masquer sa bouche peinte en rouge à l'intérieur de laquelle brillait l'éclat d'un diamant. Un pied battait la mesure.

Ma tête a éclaté tel un orage. Vite, marcher. Marcher de plus en plus vite. Marcher sans m'arrêter. Puis, à bout de souffle, ralentir le pas.

*

Le temps s'est arrêté un matin de juin. Les jours se sont par la suite superposés comme les feuilles mortes aux pieds des arbres.

Effacer le faux pas. Le pas de trop. Le soir venu, partager un plat de pâtes, une bouteille de vin. Parler de tout et de rien. De tous petits riens. Attentive aux expressions de son visage, aux mouvements de ses mains. *Virgile!*

*

Était-ce la nuit, le jour, un rêve, la réalité, où étais-je? En tous cas, je n'étais pas seule. À l'odeur qui empestait, j'ai tout de suite pensé à un animal. Une bête énorme. Un ours en cavale en plein cœur de la ville! J'entendais ses halètements se rapprocher. Il fonçait droit sur moi. Je tenais l'occasion de conclure ma page et de connaître un sort enviable à celui d'Hanna : une correctrice d'épreuves trouvée morte la gorge arrachée. Un titre qui ne laisserait pas indifférents les clients du Miracle.

La bête a réduit l'allure. Les yeux mi-clos, je l'observais rôder autour de ma carcasse avec ses crocs menaçants et sa langue de la longueur d'un bras qui faisait gicler l'abondante salive à la vitesse d'une turbine.

Je soumis mon corps à la rigidité cadavérique nécessaire pour entretenir l'illusion de sa mort. L'animal attendait. Peut-être était-il rassasié? Peut-être devais-je l'exciter? Me lancer dans une corrida éperdue?

L'ours espéré était un chien. Je n'aimais pas les chiens. Je n'aimais pas la tristesse qui se lisait au fond de leurs yeux. Je n'aspirais qu'à libérer de son carcan mon âme tibétaine. Mourir demandait un certain effort de volonté. Vers qui me tourner? À qui adresser ma prière? Quelle prière?

Le chien a posé la patte sur moi et l'a retirée. Il a répété l'examen en différents endroits puis, sans crier gare, s'est affalé d'un bloc et s'est blotti contre moi pour aussitôt se mettre à ronfler comme un poivrot. Résignée, j'ai caressé les nœuds qui composaient le pelage de mon nouveau compagnon.

*

Je l'ai appelé Rapa Nui. Il a répondu à son nom avec un enthousiasme hors du commun, comme si ce nom était depuis toujours le sien, agitant la queue et les oreilles et faisant des bonds prodigieux accompagnés de jappements que je devinais joyeux.

En signe de reconnaissance, Rapa Nui m'a invitée à le suivre en pressant sur moi son museau humide. Je rechignais. La faim m'enlevait toute initiative. Rapa Nui, lui, tenait bon. Je finis par céder. Il semblait esquisser des pas de danse, ralentissant l'allure pour évaluer la mienne, et reprenait sa course, confiant. Ce sont les premiers pas qui sont difficiles à faire. Une fois en route, je me sentais davantage intriguée qu'affamée.

Nous avons fini par emprunter une ruelle étroite, peu engageante, nauséabonde et sans doute infestée de rats. Rapa Nui s'est immobilisé et m'a adressé son plus beau sourire en battant à tout rompre de la queue, à défaut de pouvoir applaudir.

J'avançais en prenant soin d'éviter les tessons de bouteille et les pointes des cailloux jalonnant notre parcours jusqu'à ce que j'aperçoive ce qui paraissait être le trésor caché de Rapa Nui : une raquette de tennis, une espadrille, un pneu de vélo et des boîtes cabossées dont Rapa Nui se hâta de dévoiler le contenu : cuisses et poitrines de poulet, petits pains ronds, frites, filaments de chou en salade et les restes probables d'un livreur téméraire.

D'un coup de patte, Rapa Nui a fait voler une aile vers moi. Ça m'a émue comme un film de Walt Disney.

*

Rassasiée et bien calée contre Rapa Nui, enveloppée de toute sa bienveillante puanteur et de ses ronflements d'asthmatique, je me suis endormie, une chanson dans la tête, avec le sentiment d'être couchée sur une peau d'ours, devant la cheminée.

*

Un bruit s'est insinué dans mon rêve. Entre mes paupières qui s'obstinaient à rester collées, j'ai cru apercevoir une créature mi-homme, mi-rongeur, au crâne crevassé de lune, se dressant au-dessus de moi. Je mis un temps avant d'admettre qu'il ne s'agissait pas d'un songe. Sanglé dans un imperméable dont la couleur initiale avait disparue sous les couches successives d'une peinture de moins en moins éclatante, l'homme, au faciès de rat, brandissait un parapluie avec l'intention manifeste de m'embrocher.

Sous la menace, Rapa Nui a émis un grondement de tonnerre avant de bondir sur ses pattes, me renversant au passage. Déstabilisé par la présence de l'animal, l'homme feignant l'insouciance du promeneur du dimanche, a ouvert son parapluie et a entrepris de faire demi-tour. Pour peu, il se serait mis à chanter *Je danse sous la pluie* et à faire de la claquette.

Nous le suivions des yeux quand l'homme, soudain, envoya valser son parapluie et détala comme un lièvre pris en chasse.

*

L'objet était une authentique œuvre d'art. Son étoffe arquée, une reproduction de Manet, semblait plus vraie que nature lorsque le soleil l'éclaboussait. Je lui imprimais des vrilles, à l'aide du manche en forme de tête de canard, tandis que Rapa Nui pourchassait les volatiles qui le narguaient.

C'était un jour quelque peu frileux. Les nuages pressés convergeaient au-dessus du *Déjeuner sur l'herbe* sur lequel ils déversaient toute leur production de gouttelettes. Rapa Nui, la gueule fendue jusqu'aux oreilles, s'activait à vouloir toutes les attraper. Trempé par l'averse, il ressemblait à un tricot de fils barbelés.

Quand j'écoute la musique
Je deviens la musique
Quand j'écoute la pluie
Je deviens la pluie
Quand j'écoute le vent
Je deviens le vent
Quand j'écoute tes larmes
Je ne t'entends pas

Une vrille, un bond en avant, le parapluie culbutait dans les airs. Je riais de mes maladresses. Rapa Nui, l'œil aux aguets, observait. Le vent poussait le parapluie dans le dos, gonflait son ventre rond. Une rafale me l'arracha des mains. Rapa Nui partit à sa rescousse. Mais l'armature qui ricochait sur l'asphalte détrempé par l'eau gagnait du terrain. J'ai crié «Non!» au moment où une voiture arrivait en trombe sur la rue et percutait le parapluie avant de frapper de plein fouet Rapa Nui. Paf!

Le véhicule meurtrier a poursuivi son chemin. On ne s'arrête pas pour si peu.

J'ai traîné Rapa Nui à l'écart en le tirant par les pattes de derrière, ce qui, compte tenu de son poids, ne s'est pas fait en un tour de main. Les oiseaux se sont tus. Seule la pluie avait le cœur à chanter. Tandis que Rapa Nui s'appliquait à mourir, je lui parlais de Virgile, de ses fins cheveux blonds, de ses yeux couleur noisette. Mes mots n'étaient que chuchotements mais je savais Rapa Nui attentif. Je lui racontais la joie de Virgile d'avoir obtenu un emploi d'été, d'avoir eu pour collègue Sagesse, l'accident, la couverture sur son corps inerte, les deux années qui avait suivi et mon incapacité à surmonter cette perte comme si des mains avaient plongé dans ma poitrine pour y extraire mon cœur me laissant une enveloppe de chair et d'os aussi dénuée de vie qu'un manteau. Mes silences.

Après le dernier soupir du vent, le dernier soupir de Rapa Nui, la dernière note de pluie, je me suis résignée à repartir, repartir sans lui. Désemparée, j'ai erré telle une aveugle m'enfonçant plus profondément dans l'obscurité de ma nuit, dans l'obscurité de ma vie, laissant à mon subconscient le soin d'élucider l'énigme de cette nouvelle disparition.

*

Le temps passait comme s'il avait tout le temps au monde ou, au contraire, piqué par quelque mouche, s'emballait, s'emballait, accrochant aux branches des arbres des feuilles colorées qui leur donnaient des allures de lumières de Noël. Les journées rapetissaient comme des vêtements trop petits. Le froid s'installait, prenait ses aises.

Les feuilles se détachaient, séchaient. Sous les pieds, on aurait dit des flocons d'avoine qui s'émiettaient.

Dans le Vieux Montréal, les cochers incitaient, sans trop de conviction, les rares passants à prendre place à bord de leur calèche. Je voyais le profil des chevaux, une patte avant, une patte arrière, un œil à l'intérieur duquel défilait l'immensité des grands espaces. À mon approche, l'un d'entre eux, le crin insoumis, claqua des sabots et parut s'esclaffer. Par la magie de la pensée, je m'employai à le délivrer du poids de sa grotesque voiture à pompons rouges et noirs et lui inventai une chevauchée à travers les dunes d'un sable doré par le soleil. Des touristes éméchés ont émergé d'un auvent et l'ont assiégé. Le cocher est descendu pour les hisser dans l'habitacle. L'alcool rendant un peu sourd, les hommes riaient et hurlaient pour se faire entendre les uns des autres. Espiègle, le cheval m'adressa un clin d'œil et fit un bond en avant, clouant ainsi le bec des visiteurs.

La lumière d'automne est particulière. Limpide comme une eau. Le froid, pas trop vif. Je portais un paletot informe avec de profondes poches obtenu au Comptoir Vestimentaire. Les bateaux amarrés au quai paraissaient hiberner. Les gens, peu nombreux, se déplaçaient lentement, s'arrêtant pour contempler le fleuve, s'embrasser, se photographier.

J'avais pris l'habitude de solliciter, par temps mauvais, un lit à La Maison du Père et de fréquenter, en période de disette, la roulotte mobile pour les repas.

À la nuit tombante, devant la camionnette, s'étirait déjà une queue indisciplinée de joyeux lurons. J'ai pressé le pas et joint les rangs. Les uns lançaient des paroles en l'air à ceux qui, affamés, n'avaient plus d'oreille, d'autres prêtaient attention aux voix qu'ils étaient seuls à entendre.

Un panier d'épicerie rempli de bouteilles de boissons gazeuses traçait des huit sur la surface asphaltée. Le panier tournait sur lui-même avec un homme accroché derrière. Des applaudissements jaillirent. Grisé par son succès, l'acrobate risqua une nouvelle arabesque : «Bravo! Bravo! Bourbon!» Puis, coup de théâtre! Au moment où le panier semblait sur le point de se renverser, l'homme l'immobilisa avec la grâce d'une ballerine. Les applaudissements redoublèrent : «Bravo Bourbon! Bourbon! Bourbon!» Le numéro ne semblait pas inconnu aux spectateurs, les abonnés de l'itinérance. Un type accosta le Bourbon en question : «T'étais où, mon tabarnak? Ça fait un maudit boutte!»

Bourbon ressemblait à s'y méprendre au propriétaire du parapluie qui avait conduit Rapa Nui à la mort. La faim trouble parfois les sens. Bourbon, acclamé en héros, s'autorisait quelques nouvelles acrobaties avant de céder aux mains, rouges d'émotion, sa cargaison de champagne noir.

Je me suis adossée à un arbre dont les racines proéminentes s'étiraient comme les tentacules d'une pieuvre géante hors de la mer et qui, je l'espérais, allait m'engloutir.

Après quelques bouchées, je voyais déjà plus loin que le bout de mon nez et mon regard se laissait hypnotiser par le rituel de cuillères remuant avec précaution les entrailles des sauces. Des bouteilles circulaient de main en main. L'une pointait en ma direction. Elle me venait de Bourbon, l'homme-rat.

— Santé !

*

Une grande fatigue s'empara moi. Mon regard courait à la recherche d'un refuge. L'éclat d'un diamant me signala le fantôme d'une présence, celle d'une femme plutôt boulotte au chignon traversé d'un pinceau, les pieds reposant dans des pantoufles roses : impériale, elle découpait avec élégance et précision le cube de viande empalé à l'ustensile de table emprunté à sa coiffure. La jambe droite balançait du pied la pantoufle qui venait lui heurter le talon en faisant toc !

Puis, d'un monticule informe, surgit ce qui à prime abord paraissait être une spectaculaire tarentule, mais qui se révéla être une main. Celle-ci emprisonna le goulot d'une bouteille qu'elle introduisit entre les mailles d'une barbe hirsute.

Petit à petit, s'imposa le souvenir d'une assiette agrémentée d'œufs, de pommes de terre rissolées, de pain grillé découpé en triangle, de rondelles de tomate disposées sur une feuille de laitue délavée S'est également frayé le souvenir d'un visage qui, en ce moment mémé, émergeait d'une collerette effilochée et s'allongeait.

Mon inquiétude monta d'un cran. Je n'avais pas à tourner les yeux vers lui pour comprendre que l'individu au couteau se trouvait, lui aussi, dans les parages. Je le sentais à la contraction de mon estomac que sa présence provoquait. L'air a semblé se raréfier.

Avec des murs autour, on aurait pu se croire dans une maison de fous.

*

Virgile a cinq ans. Il tient une peluche dans ses bras. C'est un kangourou. Il me raconte l'histoire qu'il lui inspire et qui paraît beaucoup l'impressionner au fur et à mesure qu'elle prend forme : «Un bébé kangourou a été attaqué par des méchants. Ils l'ont dévoré. Sa maman était triste. Elle a sauté dans un trou noir et profond.»

— Elle va en ressortir?
— Non.

*

J'ai somnolé dans un état de flottement, une mort à tempéraments. Je suis une maman kangourou tombée au fond d'un trou noir. Et c'est tout. C'est noir. Et c'est tout.

*

— Je pédale vite, oui maman?
— Regarde devant Virgile. Quand on avance, on regarde devant.

*

Un branle-bas de combat m'a tirée de ma torpeur. Ceux qui ne fuyaient pas, semblaient engagés dans une bataille contre une horde de dangereux ennemis. La pénombre recouvrant la scène donnait à cette chorégraphie des oripeaux un caractère moyenâgeux et effrayant. Les hurlements entendus laissaient croire que des ventres avaient été transpercés à la baïonnette, des têtes fendues à la hache. Quelqu'un a crié «Maudits blôques de crisse, r'tournez-vous-en donc au Canada!» J'ai alors pu distinguer deux géants gonflés à craquer de muscles et d'hormones, rendus vacillants par une absorption abusive d'alcool :

— *Fucking French men, get out of here!*

— *Get out,* vous autres mêmes, estie d'chrisse de *pit-bull* laittes!

— Y'ont pas assez du Kénéda, s'tie. Ça leur prend l'Québec avec!

— Emmène-toé mon sacrament que j'te crisse mon pied au cul.

— Va pas salir tes godasses sur ces bouseux-là!

— *You're not game!*

— Les bœufs, stie!

— Envoye, on se tire!

Une voiture de police venait de freiner sur la marche du trottoir. Les portières ont claqué comme des coups de fusil. Les Canadiens, attribuant notre repli à leur musculature, se réjouissaient de nous voir battre en retraite. Leur plaisir fut de courte durée; les policiers les ont coffrés.

Notre groupe s'était morcelé. Je me suis retrouvée encerclée d'inconnus avec lesquels, sans le savoir, j'allais passer les prochains mois.

DEUXIÈME PARTIE

L'AUTOMNE avançait à pas de géant, si bien qu'on semblait avoir un pied dans l'hiver.

Nous avions construit un abri de fortune à l'aide d'une bâche plastifiée tendue entre quelques arbres rachitiques, dépouillés de leurs feuilles, à l'intérieur duquel nous passions le plus clair de notre temps jusqu'à l'heure de l'arrivée de la Popote Roulante ou de l'ouverture de La Maison du Père.

Le vent parfois fort faisait bruisser la toile, dans un craquement de cale de bateau où la lumière du jour ne pénétrait pas. La lueur d'une lampe de poche remplissait l'endroit d'ombres silencieuses.

Les occupants, sans s'être concertés, tenaient le lieu secret. Nous étions six à nous partager un espace guère plus grand qu'un placard à balais. Je ne connaissais des autres locataires que le nom sous lequel ils s'étaient identifiés et quelques-unes de leurs manies ; Eugène dépliant et repliant la lame de son couteau, Edgar grattant des doigts le tissu de son imperméable, Clémence s'entêtant à faire et à défaire son chignon bringuebalant et à y introduire tout un bric-à-brac, Thierry conversant à voix basse avec d'invisibles auditeurs.

*

La neige s'était posée d'un bloc sur le toit de notre tente qui menaçait de s'affaisser. Nous guettions, emplis d'un fatalisme résigné, le moment où nous allions mourir ensevelis.

*

Thierry Labrosse disparut deux jours. Personne n'en fit mention, ce qui contribua à jeter un froid dans l'habitacle, chacun suspectant l'autre d'en savoir plus que lui.

Alors que la mauvaise humeur faisait place à une fausse indifférence, Thierry Labrosse fit une entrée dans la tente avec tambour et trompette, laquelle faillit provoquer un infarctus chez Edgar. Il nous fallut à tous quelques secondes avant de parvenir à associer la voix à l'allure d'un Labrosse rasé de frais, parfumé, les cheveux lavés, peignés et vêtu d'un pardessus d'un bleu sombre à peine défraîchi et plusieurs minutes avant de nous remettre de nos émotions.

— Tu te lances en politique ? a ironisé Clémence.

Labrosse nous a fait signe de nous approcher de lui, ce que, faute de place, nous étions contraints de faire. Il nous exposa les grandes lignes de son plan :

— Les prochains mois menacent d'être rudes. Je nous ai déniché un petit nid douillet où nous garder le popotin au chaud et où nous ne manquerons de rien. Vous devez en retour m'accorder votre entière confiance et ne pas poser de question. Alors ?

Rarement avait-on, dans cette enceinte, entendu pareil monologue. Aussi ne fut-il pas sans effet. Moins d'un quart d'heure plus tard, nous prenions le large.

TROISIÈME PARTIE

NOTRE ÉQUIPÉE ne passa guère inaperçue. Thierry Labrosse ouvrait la marche, suivi de Clémence Pino, d'Eugène Dufort, de moi-même et d'Edgar Bourbon-de L'Étoile. Sur notre passage, les piétons perplexes échangeaient des coups de coude ou pressaient le pas.

À l'arrêt d'autobus, Labrosse a remis à chacun la monnaie requise pour acquitter les coûts du voyage. Dans la file d'attente, les usagers croyant avoir affaire à des célébrités nous jetaient des regards par en dessous. Clémence leur adressait de coquines œillades ; de L'Étoile, avec son air perpétuellement ahuri, trépignait d'un pied à l'autre, entraînant dans sa gigue le pompon de sa tuque enfoncée jusqu'au nez ; Labrosse aspirait le mégot d'une cigarette et recrachait ses poumons ; Eugène, ayant retiré son blouson, s'employait à faire bondir le serpent imprimé sur son épaule. La foule de curieux s'était élargie jusqu'à déborder dans la rue. Les automobilistes tentaient de surprendre l'objet d'un tel intérêt, ajoutant à la confusion.

L'arrivée de notre bolide vint mettre fin au spectacle provoquant la déception du public qui ne cessait de grandir et de nous acclamer.

Edgar, particulièrement excité par le voyage, tendait le poing au chauffeur, au lieu de déposer la monnaie dans la fente destinée à cette fin, tel que Labrosse le lui en avait, plus tôt, fait la démonstration.

— Heille, l'ami! T'es un p'tit comique, toé?

Les esprits s'échauffaient. Labrosse dut intervenir pour les calmer. Mais ce n'est qu'à l'apparition d'Eugène, qu'excédé, le chauffeur, consentit à reprendre le volant, ovationné par les spectateurs qui ne perdaient rien de l'échange.

Les places du fond semblaient nous échoir tout naturellement. Edgar, comprimé entre les flans de Clémence et Labrosse, s'amusait à transférer ses pièces d'une main à l'autre. Sur le banc individuel fixé devant le mien, Eugène, replié sur lui-même, les yeux mi-clos, semblait digérer une proie.

À travers la vitre maculée de traces de pluies anciennes, la rue entière donnait à penser qu'elle courait à notre rencontre, ne s'arrêtant qu'aux feux rouges et aux arrêts obligatoires, pour finalement poursuivre dans la direction opposée à la nôtre. Bercée par le mouvement et la chaleur tropicale des radiateurs, j'assistais au défilé urbain de commerces, d'édifices à bureaux, de logements, de maisons, de piétons qui venaient vers moi pour aussitôt se fondre dans le décor. Une femme poussait le fauteuil roulant d'une dame âgée et invalide laquelle dirigeait un landau où s'agitait un bébé. Sur un poteau télégraphique se détachaient un rectangle blanc et les mots perdu, recherché. Au centre, une photo laissant deviner la silhouette colorée d'un oiseau, interpellait les mémoires. Sous la photo, la promesse d'une récompense. L'autobus effectua un arrêt. Devant l'entrée d'une maison, une cage d'oiseaux était placée en évidence sur un banc de neige, avec une pancarte où l'on pouvait lire : à vendre – bon prix. Plus loin, une église à la façade grise et terne annonçait un «Dieu réparateur des brèches».

La vision soudaine d'un gyrophare tournoyant vint me percer le cœur avec la précision d'un coup d'aiguille dans une veine. L'autobus ralentissait. Malgré lui, mon regard parcourait la bande jaune délimitant ce qui avait toutes les apparences d'une scène de crime. Mes souvenirs effectuaient le même parcours : une bande jaune, une couverture posée sur un corps sans vie, un ciel sans nuage. J'étais tendue comme un arc. Eugène semblait lui aussi sur le qui-vive. Des policiers en uniforme ont surgi entre l'alignement parfait de leurs voitures de patrouille, le fusil braqué en direction d'une Caisse populaire. Un genou à terre, ils faisaient signe aux témoins de s'écraser au sol, ce que, en dépit de la saleté du plancher, je fis, imitée par d'Eugène, m'attendant à tout moment à entendre des tirs et des vitres voler en éclats.

Perplexes, Labrosse et Clémence échangeaient des mimiques tandis que, imperturbable, Edgar continuait à faire voltiger ses pièces de monnaie. Le chauffeur a redémarré en trombe pour appliquer les freins quelques centimètres plus loin. Les pièces ont décrit une courbe dans l'espace, avant de plonger entre les bancs où elles entamèrent un tango désordonné.

D'un même élan, Eugène et moi avons profité de ce court arrêt pour risquer un œil à la fenêtre : le tableau paraissait le même. Lorsque l'autobus se remit en branle, stupéfaits, nous avons découvert, dirigées vers lui, les caméras d'un plateau de tournage.

Je riais et c'était bon. C'est bon rire. Puis, sans transition, je me suis sentie passer du rire aux larmes. Vite, attraper au vol une chanson !

> *Je me sens morose*
> *Comme une journée de pluie*
> *Même quand le soleil explose*
> *J'ouvre mes parapluies*

Labrosse nous a fait signe de nous préparer à descendre. Edgar, coincé sous le siège, tentait de récupérer une pièce manquante. D'une main, Eugène a soulevé le banc et ses occupants afin de déloger Edgar qui, triomphant, refaisait surface avec son pécule. Mais le siège, malgré la force de persuasion d'Eugène, refusait de reprendre sa position initiale. Les deux petits vieux posés dessus, dont les pieds ne touchaient plus terre, se perdaient dans la contemplation du plafond.

> *Tu n'es plus là, je le vois bien*
> *Avec tes états d'âme*
> *Le temps n'arrange rien à rien*
> *Chacun son chemin*
> *Chacun son chemin*

Labrosse a actionné la cloche pour signaler notre

arrêt au chauffeur lequel, rancunier, nous déposa au suivant.

— Allez! Ouste! Pas de scandale! On descend! commanda Labrosse d'un ton sans réplique.

La nuit était tombée tel un rideau. Ayant consulté sa montre et exprimé sa satisfaction «Parfait! Parfait!», Labrosse nous indiqua la voie à suivre, tout en nous exhortant à plus de discrétion : «On se fait rares, d'accord?»

Au bout de quelques minutes, nous quittions la route pour emprunter un sentier bordé de pins, d'épinettes et de sapins. La lune découpait le cône de leur chapeau de fête. L'espace et le temps se sont emplis de craquements, de respirations à bout de souffle, du parfum des arbres.

Plus loin, le sentier s'est fait plus escarpé. Un terrain glissant... Quelqu'un, de L'Étoile sans doute, a perdu pied, entraînant dans sa chute quelqu'un d'autre. Un puissant Ouaaaah! résonna. «Attention, pente en vue!» annonça Labrosse, alors que tout le monde culbutait déjà dans les airs.

— Ayoye!

— Bout d'crisse!

— Maudit que c'est beau pareil! s'est exclamée Clémence allongée de tout son long sur le matelas de neige, la tête dans les étoiles.

— Debout! Ouste! On y va! Pas de temps à perdre. On contemplera plus tard! a abrégé Labrosse qui, avec une poigne de fer, s'activait à nous relever.

— C'est de même que je veux mourir, a rajouté Clémence avant de saisir la main que lui tendait Thierry.

*

La forêt qui s'offrit à notre vue donnait à penser à un cimetière érigé à la hâte, inconnu des vivants.

— Moi, je crois aux fantômes, a chuchoté Edgar. C'est l'âme des morts.

— On est encore bien vivants, a rétorqué Clémence.

— Et bien en chair! compléta Labrosse.

Eugène a imité un fantôme avec des *Hououou*! qui résonnaient comme des hurlements de chien aux abois.

— Rigole toujours, a prévenu Edgar.

— C'est bien mon intention!

Labrosse a bifurqué, hésité, est revenu sur ses pas, a avancé, hésité, poursuivi un moment sa route, puis s'est arrêté net, créant ainsi une nouvelle bousculade. Une fois le calme rétabli, il a tiré sur les poils de la barbe qu'il n'avait plus.

— Voilà!

Devant nous, se dressait menaçante, une colonne de lances aux pointes en fleur de lys. Chacun contenait mal sa déception. Edgar a grogné que, pour sa part, non seulement il ne s'attendait à rien mais au pire et que, par conséquent, le fait de frapper un mur n'avait sur lui aucun effet. Mais son ton démentait ses propos.

Clémence a haussé les épaules, ce qui a eu pour résultat d'enfoncer davantage les mentons sur son cou jusqu'à les faire disparaître. Labrosse a bombé le torse et annoncé :

— Le dernier obstacle!

Ses yeux se sont attardés sur Clémence, comme si c'était elle plus que la grille qui constituait le véritable obstacle.

— Bon! On va devoir se retrousser les manches!

Dans l'attente de nouvelles instructions, Edgar s'amusait à traquer un écureuil espiègle. Dans une ultime tentative pour le capturer, les bras pourfendant l'air comme des baguettes, Edgar Bourbon-de L'Étoile, alla choir au pied d'une épinette taillée en jupe et gonflée de suffisance. Amusé, le rongeur déguerpit en ricochant pareil à une roche sur l'eau, avant de disparaître dans la nuit.

Les bras croisés sur son imposante poitrine, Labrosse réclama notre attention :

— On va devoir la sauter.

— Qui ça? a demandé Eugène.

— La clôture, andouille! rétorqua Labrosse.

— Si on peut plus se permettre une petite blague...

— La ferme! Viens plutôt ici.

Tous deux se sont positionnés en vue d'administrer la courte échelle à Clémence laquelle, empoignant les oreilles de Labrosse, manœuvrait pour se hisser sur la plate-forme que formaient leurs mains imbriquées. Tout le monde a retenu son souffle.

— Un, deux...

Mais la vision d'Edgar, coiffé de l'écureuil apprivoisé, déclenchant l'hilarité, faisait échouer cette première tentative. Sous l'effet de l'émotion, de la fatigue, de la faim, les rires redoublèrent. Même les arbres paraissaient s'esclaffer. Labrosse voyant ses plans s'anéantir, implora :

— Chut ! Nom de Dieu, de nom de... ! Mais c'est qu'ils vont tout bousiller, ces cons !

Les rires s'intensifièrent, gagnèrent Labrosse et sa vessie. Les hommes s'alignèrent devant le mur de fer pour uriner un bon coup avant de se remettre au travail. Clémence faisait le décompte de ses ongles cassés quand, le dos appuyé sur la clôture, une portion de cette dernière céda, l'entraînant de l'autre côté.

— Ayoye !

— Eurêka ! On rafistolera en temps et lieu, commenta Labrosse pour lui-même sans préciser s'il s'agissait du pan de la clôture qui venait de s'écrouler ou de Clémence. Puis, se tournant vers nous, il révéla son secret.

— Admirez !

S'écartant, il nous laissa, médusés, contempler le mirage d'un château moyenâgeux hérissé de tourelles derrière lesquelles se faufilait la lune : « Notre piaule pour l'hiver ! »

La nuit, les oiseaux se taisent. Mais ils sont là quelque part. Peut-être un oiseau perdu et recherché s'est joint à leur paix nocturne. Sans l'agitation du vent, les arbres se taisent aussi. Seuls les sons émis par nos corps fatigués troublaient le silence.

— C'est tout l'effet que ça vous fait ? Ça veut dire quoi, ça ? C'est peut-être PAS assez bien pour ces messieurs dames ?!

Je tentai de justifier :

— C'est qu'on... on ne... C'est qu'on ne comprend pas !

Labrosse, radouci, soupira, ouvrit les mains

comme pour nous inviter à voir ce qu'elles ne cachaient pas.

— Ben voilà, c'est à *nous*! À nous! Peux pas être plus clair.

— Çà? À nous? répéta Clémence.

— Comment ça, *çà*? C'est tout ce que vous trouvez à dire? *On* fait des pieds et des mains pour leur dégoter un endroit décent où passer l'hiver, et voilà c'qu'*on* récolte! Ingrats!

Labrosse fit mine de s'arracher la barbe avant de se rappeler qu'il n'en possédait plus. Pour tempérer, Eugène fit remarquer :

— C'est que, ça nous apparaît un peu *incroyable* c'est tout.

Labrosse se brossa des doigts le menton.

— J'admets... c'est plutôt «incroyable» comme tu dis. N'empêche que c'est bel et bien à nous. On s'y fera. On s'habitue apparemment à tout. Pas obligés de rester de toute manière, si «ça» ne convient pas.

— Et... Euh... c'est libre à partir de quand? a soulevé Edgar qui paraissait avoir retrouvé ses esprits.

— Ben, là! À partir de maintenant!

— Ha!

L'air a saturé nos poumons, rendant impossible la production du moindre son.

— Puisque je vous le dis! a insisté Labrosse. Se sont barrés! Dans le Sud! Six mois ici, six mois là. L'été à longueur d'année, quoi! Et nous, pas fous, eh bien, on en profite! Pas vrai? Bon, assez perdu de temps. Prenons possession!

Dérouté face à notre apparente indifférence, «Mais c'est de la mauvaise foi, ma parole!» Labrosse lança un «Bon, bien moi j'y vais.» Faisant mine de soulever d'une main sa toge impériale, il foula le tapis blanc de l'allée et gravit deux par deux les marches menant à notre résidence hivernale supposée.

Sur le palier, il sortit de sa manche un trousseau de clés qu'il fit tinter joyeusement. Après avoir obtenu, de notre part, quelques réactions aussi timides qu'admiratives, le géant a enfoncé la clé dans la serrure, tourné la poignée, et d'un coup de rein, a ouvert le battant de la porte, prenant ainsi possession de son domaine, suivi avec un léger décalage, de son extravagante escorte.

*

Parvenus dans l'entrée principale, un petit point lumineux perçait la pénombre comme l'œil d'un chat.

— Ça m'a tout l'air...

— D'un système d'alarme, rien de bien compliqué, décréta Eugène avec la satisfaction faussement blasée d'un maître sommelier dévoilant un grand cru.

— La vache! s'exclama Labrosse. J'avais noté le code... Dufort, on fait quoi bordel?

— J'sais pas. On désamorce? proposa Eugène.

— Ou on passe les six prochains mois en prison, évalua Edgar.

— Quelle heureuse perspective! applaudit Clémence.

— Quoi? Logés, nourris, blanchis...

Des étincelles, puis une flamme ont jailli, tirant de l'ombre le sourire ravi d'Eugène ainsi qu'une boîte où s'alignaient en trois rangées, et par ordre croissant, les numéros de 1 à 9, suivis d'un zéro entouré de part et d'autre d'un # et d'un *.

— Ma tête à parier qu'ils ont choisi leur numéro de porte. Et ça se croit rusés... Labrosse? Tu vérifies s'il te plaît?

Labrosse se rua dehors en catastrophe. La flamme, portée par le vent, s'étirait dans sa direction comme pour le suivre et y mettre le feu.

— M'enfin! C'est un 7 ou un 1 cette connerie? J't'en f'rai moi! Bon, on y va pour le 7, suivi du 0, du 5 et du 1. Je répète dans l'ordre le...

— D'accord, d'accord, l'interrompit Eugène. T'es pas en train de nous transmettre les résultats de la loterie. 7 – 0 – 5 – 1! C'est bon.

Labrosse sortit une cigarette de son paquet froissé et la comprima entre ses lèvres tout en demeurant attentif aux manœuvres d'Eugène. Alors que les doigts alertes d'Eugène enfonçaient avec précision les touches du cadran, des centaines de lames de cristal tour à tour s'allumèrent au-dessus des têtes ébahies pareilles à des bougies sur un gâteau d'anniversaire.

— Maudit qu'c'est beau! s'extasia Clémence.

L'objet de notre admiration était un lustre de dimension si prodigieuse qu'il nous semblait à peine croyable qu'il puisse tenir ainsi, fixé au plafond sans l'emporter avec lui. Craintifs, nous nous sommes écartés pour nous masser près d'Eugène qui donnait, à qui voulait l'entendre, un aperçu de ses connaissances en matière de systèmes d'alarme : «C'est ce qui s'appelle un système de minuterie à distance pour faire croire qu'il y a du monde à l'intérieur. Les lumières s'allument ici et là alors que d'autres s'éteignent. Ça dissuade les voleurs.»

— On est pas des voleurs! a protesté Edgar piqué au vif.

Sans tenir compte de l'intervention d'Edgar, Eugène poursuivait ses explications.

— Bravo mon garçon! Bravo! soupira Labrosse soulagé, mais la tête ailleurs. Alors, on explore?

— Les châteaux sont hantés.

— Les morts-vivants n'ont rien à craindre des fantômes, répliqua Eugène à l'endroit d'Edgar en lui assenant une vigoureuse taloche dans le dos qui faillit lui décoller les dents des gencives.

*

La visite des lieux, ponctuée des «Sacrebleu d'bon Dieu, d'bon Dieu!» d'un Labrosse, obnubilé par la splendeur de son royaume, s'étirait de long en large et en hauteur.

— Je vous mets au défi de trouver un faux, là-dedans! s'est-il exclamé avec une fierté de propriétaire. «Sacrebleu d'bon Dieu, d'bon Dieu!» a-t-il répété dans un murmure devant la sculpture plus grande que nature d'un nu de femme en marbre rose pour laquelle Clémence avait l'air d'avoir servi de modèle.

Plus tard, découvrant une chambre froide recelant autant de victuailles qu'un supermarché, fourbus, nous déclarions forfait.

— Ventre affamé n'a plus les yeux en face des trous, a décrété Edgar.

J'ai proposé que l'on passe à table.

— Très sage, acquiesça Clémence, l'estomac dans les talons de ses pantoufles roses. J'ai une faim de loup!

— C'est par-là, indiqua Edgar du menton.

— Du tout. C'est plutôt par-là, le contredit Eugène. Je partageais l'avis d'Edgar.

— Il suffit de revenir sur nos pas, plaida Labrosse.

— Ça fait juste deux heures qu'on marche! a rouspété Clémence.

— Mais la cuisine, c'était il y a dix minutes. On a pris par ici! Je m'en souviens et Laurette aussi.

— Tu t'souviens ou tu crois te souvenir? insinua Eugène.

— Que d'histoires quand on sait que tous les chemins mènent à...

— C'est que nous autres, on a faim. Tu peux comprendre ça, l'anchois? Tes dictons, tu peux te les...

— Bon, ça fera les enfants! De toute façon, nous y voilà!

— Que Monsieur répète un peu?

— Fini! Suffit! Sinon pain sec.

La menace a porté. Le calme revint.

*

Dans la cuisine, Labrosse, saisi d'une impulsion gastronomique soudaine, s'était mis à l'œuvre dans l'enthousiasme d'un soir de fête. Cloués sur nos tabourets, nous assistions à ce nouveau numéro d'illusionniste bouche bée et l'eau à la bouche. Nous n'osions à peine remuer de crainte de voir briser ce qui nous paraissait être un rêve éveillé.

«Ce soir, pas de chichi! À la bonne franquette!», prévint Labrosse en déposant sur le comptoir la rôtissoire de laquelle émanaient un fumet exquis et quelques rubans de vapeur : «Bœuf aux petits oignons!»

— Bon appétit!

— C'est pas l'appétit qui manque! fit remarquer Clémence.

Au moment où, armés de fourchettes et de couteaux, nous attaquions la bête sacrifiée, Edgar dont l'absence avait échappé à notre attention, surgit, muni de bouteilles.

— C'est ma tournée!

— Bravo, Bourbon!

— C'est là qu'on reconnaît ses vrais amis, déclara Eugène. Viens... que je t'embrasse!

*

Épuisés par les émotions des derniers jours (et des dernières années), repus, hagards, nous nous sommes affalés au petit bonheur des canapés et des tapis afin de prendre un petit répit.

*

Notre réveil, le lendemain (ou le surlendemain), nous replongea au cœur de notre rêve en fête.

— Ça s'peut tout simplement pas! Quel raffinement, quel faste! Pincez-moi quelqu'un! implora Clémence.

— Volontiers! D'autant plus que je suis expert en la matière, affirma Labrosse en agitant, autour de Clémence délicieusement apeurée, les pinces menaçantes de ses doigts arrondis.

— Et pourquoi ce ne serait pas vrai? Pourquoi ce ne serait pas tous les jours dimanche pour nous, pour une fois? questionna Edgar qui n'attendait visiblement pas de réponse. S'il existe un temps pour chaque chose, si chaque chose vient en son temps, c'est le temps où jamais. Cela dit, veuillez m'excuser. Je passe à ma chambre me refaire une beauté, question de me mettre au diapason.

— Excellente initiative de l'Étoile! Tout le monde à l'étage pour une métamorphose! Soyons, Mesdames et Messieurs, à la hauteur du décor! tonna Labrosse, en maître des lieux.

*

Remettant à plus tard l'inspection de ma chambre, je filai directement dans la salle de bain qui s'ouvrait, par le biais d'un puits de lumière, sur l'immensité du ciel. Dans un élan de pudeur, je refermai la porte. Piégée par les miroirs qui me renvoyaient mon image multipliée à l'infini, j'accusai le coup. Mes mains ont saisi le rebord doré du lavabo tandis que mon regard confrontait le reflet qui m'était renvoyé et auquel se superposait celui de Virgile.

*

— Comme il est beau !

— C'est ton portrait tout craché !

— Le vrai portrait d'sa mère !

— Sa photocopie !

— Il a ton sourire. N'est-ce pas qu'il a son sourire ?

*

Je restai un long moment dans la baignoire où un mince filet d'eau contribuait à maintenir le chaud nuage de vapeur aux agrumes dans lequel je flottais.

Plus tard, régénérée par cette longue macération fruitée, j'émergeais enfin, ruisselante et neuve. Enveloppée dans un peignoir moelleux comme un pain, je me livrai à l'inventaire du coin maquillage, lequel offrait une vaste gamme de produits conçus en laboratoire pour chaque parcelle du corps : gel nettoyant, crème raffermissante, lait démaquillant, huiles essentielles, parfums, fluide embellisseur, vernis à ongles, gommage corporel, fards, crème exfoliante pour les pieds, masque aromatique purifiant, sérum anti-âge, baume pour les lèvres, cire à bille, crème auto-bronzante, antioxydant, correcteur de rides, perfecteur de peau. Bref, de quoi réduire tous les chirurgiens-plasticiens au chômage.

Je me contentai, pour l'heure, d'une larme de parfum sur le lobe des oreilles ainsi que derrière les poignets, d'une fine couche d'antisudorifique non parfumé et d'un robuste brossage de dents à la menthe glacée. Mes cheveux, rendus lisses par le revitalisant, virevoltaient sous le souffle du séchoir et retrouvaient leur couleur.

Je me levai, m'étirai comme un chat. Dans le tiroir du haut d'un chiffonnier (authentique pièce de collection, à n'en pas douter), je choisis un peu à l'aveuglette, une combinaison sucre blanc aussi imperceptible sur la peau qu'un grain de beauté. Aussitôt enfilée, les miroirs se firent plus indulgents à mon égard. Je m'appliquai une touche de maquillage. Ma main tremblait. La gauche. Comme celle de Virgile. Celle de Gustave. Une famille de gauchers. Le résultat ne fit pas attendre : présentable, à défaut d'être belle !

Encouragée par ces améliorations, je me suis introduite dans la vaste garde-robe emménagée en U, où se côtoyaient les plus grands de ce monde : Valentino, Dior, Lacroix, Chanel, Balmain, Airoldi, Gaultier, Givenchy, Toto, Versace et autres exaltés de la haute-couture.

Entre les créatures brodées de perles, doublées de lapin, bordées de vison renard, garnies de rubans de velours ou de plumes, des présentoirs racoleurs exhibaient leur joyeux carnaval de chapeaux et de sacs à mains. Les chaussures se comptaient par centaines.

Crémaillère oblige, le style chic, faussement décontracté, paraissait de rigueur. La tête me tournait. Une mousseline Valentino rouge à outrance, au décolleté fendu, vaporeuse comme l'éclat d'une lumière, glissa mollement de son cintre jusqu'à mes pieds. La tête me tournait. Mais le sang que foulait mon orteil n'était pas liquide. Il était soie naturelle ourlé de satin.

Mon entrée en scène suscita une vive émotion.

— Laurette, ma foi du ciel!

— Oh la la!

Mondaine, j'acceptai avec élégance la délicate flûte de champagne qui m'était destinée, sans parvenir toutefois, tant mon émerveillement était grand, à refermer sur elle mes lèvres lesquelles demeuraient obstinément ouvertes. Le choc était de taille : Clémence, altière, résolument amincie par un sombre drapé emperlé, se livrait à l'examen d'une immense toile tachetée de couleurs. La masse de ses cheveux ramenée vers l'arrière dégageait l'ovale de son visage rayonnant qu'elle tourna vers moi au moment d'attraper un canapé au vol. Redessinée, sa bouche couleur raisin, surprise en flagrant délit de gourmandise, m'expédia un baiser complice.

Un plateau de sushis de faisan à l'ail circulait allègrement entre les convives, guidé par un Labrosse ficelé dans un smoking noir, prolongé d'une queue de pie, battant de l'aile à chaque pas. Sa tignasse lustrée et raidie par le gel, d'où subsistaient quelques ondulations, lui conférait des allures de chanteur populaire.

Près de la cheminée, étranglé par un nœud papillon et flottant dans un deux pièces anthracite, un inconnu engouffrait amuse-gueule sur amuse-gueule. Sa tête, prêtant profil aux flammes d'un feu de foyer bien engagé, me rappelait Edgar. Edgar! La perruque d'un noir corbeau qu'il avait enfilée le faisait paraître dix ans de moins et cinq centimètres de plus! Décidément, la soirée s'annonçait fertile en émotions... Pour confirmer mon impression, Dufort, vêtu d'un costume aux fines rayures, explorait de la pointe de la langue le bouquet de son vin. Sentant mon regard posé sur lui, il leva sa coupe vers moi. Au même moment éclatait, pareille à une joie, une valse de Chopin.

Tournant sur lui-même, Edgar évoluait sur le parquet ciré comme un patineur sur la glace. Il me prit les mains au passage, m'entraînant dans une succession de tourbillons. Mes pieds touchaient à peine le sol. Nous volions.

Des applaudissements enthousiastes vinrent saluer notre performance que nous recevions comme il se doit, c'est-à-dire... avec la grâce de l'humilité. Puis, sans plus de cérémonie, mon cavalier, avec familiarité et aplomb, s'empara de mon bras pour me conduire jusqu'à la salle à manger où se dressaient fièrement cinq couverts.

*

Labrosse nous y avait précédés. Prétextant la proximité de la cuisine, il s'était octroyé le fauteuil à palmettes d'or, rinceaux et accotoirs, et nous en attribua de plus modestes à ses côtés au bout de l'interminable table en marqueterie de bois rose (une pure merveille).

— Je crois que vous avez égaré ceci, dis-je à mon voisin, en lui rendant la touffe de cheveux, restée plaquée sur mon épaule.

— Oh! Merci. Vous êtes adorable! Absolument!

Un assortiment de bouteilles de vin, assurément excellents, composait un joli centre de table.

Nos apparences nouvelles intimidaient plus que les anciennes. Les regards couraient de la nappe aux fresques du plafond. Seul Labrosse paraissait dans son élément.

— Quelqu'un sait se servir de cet instrument que l'on doit aux soûlons anglais et qui a pour nom tire-bouchon?

— Tire-soûlon aurait été d'un meilleur effet. Par ici, jeune homme!

Labrosse confia l'engin à Clémence et disparut dans la cuisine pour revenir décoré de cinq plats à escargots, ivres de vin blanc et de beurre à l'ail. L'un d'entre eux, sous l'effet d'une chaleur accrue, s'est élancé à vive allure dans les airs, comme pour fuir son destin, filant droit sur Dufort lequel n'a eu qu'à pointer son couteau pour interrompre sa lancée. Sentant une certaine réprobation de ma part, il s'est débarrassé de la victime qu'il a avalée tout rond.

Clémence versait le vin dans les coupes. Le bruit des ustensiles me ramena en arrière, un jour de pluie. Un repas sans Virgile. Une vie sans Virgile dans laquelle Virgile prenait toute la place.

Labrosse éclata de rire. À travers le bruit des ustensiles et des mastications enjouées il venait, à la blague, de lancer : «On ne parle pas la bouche pleine!» Il riait et se tapait les cuisses comme s'il n'avait, de toute son existence, formulé plaisanterie plus amusante. En réponse à ce débordement de joie, l'énorme diadème couronnant nos têtes s'est éteint, nous plongeant dans le noir absolu. Labrosse qui riait toujours mais par petites doses, a investi sa poche à la recherche de son briquet. «Foutu briquet...»

— Mmmminuterie, a articulé Eugène aux prises avec un escargot coriace.

Labrosse s'indigna :

— Ah! La vache! C'était pas réglé, cette connerie?

— Un autre système, a supposé Eugène.

— On se fait un souper aux chandelles, suggéra Clémence.

— On dîne ou on soupe? a questionné Edgar.

— Pour le moment, ni l'un ni l'autre. On broie du noir, a répondit mécontent, Labrosse.

— Et les chandelles, on les trouve où?

— Clémence pourrait garder la bouche ouverte sur son diamant, le temps qu'on termine.

— Ou alors, on extrait sa dent et on la met dans le chandelier.

— Pour me la chiper, oui!

J'ai demandé à Eugène s'il pouvait se rendre utile au lieu de débiter des sornettes. S'éloignant à contrecœur de son assiette, il a buté contre une chaise inoccupée qu'il a renversée. Tâtonnant dans la pénombre, pendant que nous retenions notre souffle, il parvenait, au bout d'un temps record, à rétablir le courant, ce que Clémence mit sur le compte de l'expérience mais qu'Edgar considéra suspect.

«À la bonne heure!» a jubilé Labrosse. Des doigts de fée, ce Dufort! J'aimerais enfin, avec votre accord bien sûr, porter un toast à notre... à notre coup de bol, voilà, c'est ça! Buvons donc, Mesdames, Messieurs, à ce... Buvons à notre fameux coup d'bol!

— Santé!

— Amour!

Les coupes s'entrechoquèrent. Il y a des musiques qui font mal. Porteuses de souvenirs. Ma main tremblait. J'ai vite avalé le contenu de mon verre lequel, sitôt vidé, s'est rempli. Labrosse s'est éclipsé à la cuisine pour la suite des événements. Clémence a fait sauter quelques bouchons.

— Une gauchère ! remarqua Edgar à mon endroit. Tiens donc ! On prétend que les gauchers possèdent une intelligence supérieure à la moyenne. Le saviez-vous ?

— Ce sont des gauchers qui ont élaboré ça, répliqua Eugène.

— C'est la preuve de leur intelligence.

— Je suis, pure coïncidence, moi-même gaucher ! se prévalut Edgar.

— L'art de discréditer une théorie ! énonça Eugène qui était droitier et probablement jaloux.

— Et ceux qui, tel que moi, se servent de leurs deux mains avec un égal savoir-faire ? souleva Clémence dont la question laissant entendre qu'il devait s'agir de génies.

Labrosse, qui venait d'entrer dans la pièce et avec une soupière fumante de velouté de canaille aux huîtres persillées et pamplemousse rose dont il aspergeait nos bols à grands coups de louche, affirma que la main pouvait se perdre si elle n'était pas soumise à un entraînement.

— Mais il me met au défi, ma parole !

Labrosse profita de son embarras pour réprimander les gloutons :

— Eh ! Tout doux ! Z'êtes pas dans un boui-boui ! La gastronomie, ça se savoure ! Et ne vous en déplaise, y' en a pour les fous et... pour les fous !

— Plus on est de fous, plus on mange !

— Combien il y a de services? chercha à savoir Clémence.

— On le saura au dernier!

— Si on a encore toute notre tête, fit observer Edgar.

— En ce qui te concerne, aucune chance! glissa Eugène.

— Vous insinuez quoi là, Monsieur Dufort?

— Il n'insinue rien, M. Dufort.

— Et c'est reparti...

Labrosse termina d'une lampée son velouté, porta sa serviette à sa bouche comme pour l'embrasser puis laissa échapper un soupir de grande satisfaction :

— Aaaaah! Je vous reviens avec le plat de résistance auquel vous ne résisterez guère!

Clémence, qui connaissait d'ores et déjà nos prédispositions pour les classiques, a vite repéré une bouteille de Château d'Yquem.

— Un doigt, négocia Edgar. Le majeur, autant que possible.

Clémence remplit les verres à leur pleine capacité. Labrosse se racla la gorge pour présenter la pièce de résistance annoncée : «Le carré d'agneau et sa cocotte!»

— Laisse faire l'agneau, passe-moi la cocotte!

— Subtil! Vraiment. Vous avez un don!

— Allons, pas de bisbille à table!

La dernière bouchée à peine avalée, un gracieux menuet se fit entendre, nous transportant par la magie de la musique à l'époque des rois de France. Afin de s'accorder un répit gastronomique bien mérité, de L'Étoile avait glissé dans la danse telle une main dans un gant, s'emparant de celles, déjà conquises, de Clémence.

Labrosse en profita pour griller cigarette sur cigarette, allumant la suivante avec le mégot de la dernière. Dufort desservit la table, en prenant soin de vider le contenu des bouteilles abandonnées au petit bonheur. J'allai en chancelant, bateau à la dérive, jusqu'à la baie vitrée sur laquelle j'appuyai mon front moite afin de m'imprégner de sa fraîcheur. Mes doigts glissèrent sur la surface embuée. Ils ont tracé le nom de Virgile.

Clémence dansait en riant et son diamant, par intermittence, balayait de sa lumière, la piste improvisée.

J'ai regardé l'empreinte de mes doigts qui coulait comme des larmes. Mes empreintes coulaient comme les larmes que mes yeux ne pleuraient plus. Dans la vitre, mon visage en paraissait inondé. Soudain, je ne pus retenir un cri de surprise :

— Oh !

— Un malaise ? s'est inquiété Edgar.

— Une crise de foie ! a déploré Labrosse.

— La neige !

— Maudit que c'est beau ! chuchota Clémence.

Les premiers flocons tombaient du ciel, comme une pluie d'étoiles.

— C'est tellement beau ! a insisté Clémence.

— Beau ? Peuh ! Les mots parlent, mais ne disent rien !

Ayant exprimé son point de vue, Edgar, du revers de la main, a essuyé sa lippe baveuse comme une omelette avant de sauter, à pieds joints, dans une mazurka endiablée, ne s'arrêtant que pour faire honneur à la salade de poivrons au basilic, au trio de fromages et à la terrine décadente aux deux chocolats et aux fraises. D'une main experte, Clémence a retiré de son muselet de métal, le Moët & Chandon Cuvée Dom Pérignon, dont la tête renflée a foncé, sans ménagement, dans l'œil incrédule d'un ancêtre immortalisé sur une toile par la main flatteuse d'un artiste grassement rétribué. «Oups! Désolée, vieux!» s'est-elle excusée.

Le portrait de l'homme m'en rappelait un autre que l'enivrement faisait fuir. Dans la gaieté de l'ivresse, Clémence a déversé la mousse dans nos verres confondus.

*

À l'invitation de Labrosse, nous sommes passés dans l'un des salons. Recouverts de housses blanches, les meubles conféraient à la pièce l'aspect d'un paysage hivernal. Clémence émettait des réserves :

— Trop blanc! Ça donne froid dans l'dos. Allons, allons, retirez-moi tout ça, que ça respire!

J'ai demandé où les mettre.

— On n'a qu'à les empiler là, au centre, pour le moment.

— De quoi en faire toute une montagne, commenta Edgar.

— À la limite, ça peut toujours se soulever, ajouta Eugène.

— Sans la foi...douta Edgar.

— Reste les bras!

— Si on n'les baisse pas!

— Et c'est reparti...

Le salon dévoilait ses couleurs. Clémence s'était moulée à la méridienne tandis que Labrosse et Dufort optaient pour le canapé crème anglaise en cuir clouté et de L'Étoile, pour le Voltaire fleuri, de biais au mien. Poursuivant, sentencieux, un monologue déjà oublié, sa voix perçait les remparts de l'alcool et la housse dans laquelle il s'était empêtré.

— Les mots parlent mais ne disent rien ou alors ils traduisent la pensée mais partiellement. Une pensée vaut mille mots. Comment se faire comprendre ? En revanche, les mots peuvent blesser. Les mots sont une arme.

Eugène fut le premier à se ressaisir.

— J'vais t'armer d'un de ces digestifs que t'es pas prêt d'oublier ! Tiens-toi bien mon Dubonnet, oups, mon Bourbon, tu perds rien pour attendre !

— Ses paroles me soûlent plus que le vin, me chuchota Clémence en désignant Edgar de ses mentons.

D'un pas mal assuré, Eugène escalada les trois marches de marbre blanc menant au bar en cherchant de la main une rampe qui n'existait que dans son esprit.

— Quand tu peux plus monter, c'est que t'as bu ton dernier verre. Pour redescendre, c'est toujours faisable...

Il soupesa, mesura, remplit, ajouta, remua et décora cinq verres d'inégales formes, qu'il achemina vers nous sur une desserte à roulettes. Les liqueurs tressautaient dangereusement sans qu'une seule goutte ne se renverse.

— Chose promise, chose bue... due! déclara-t-il en appliquant les freins.

Edgar de L'Étoile écopa de la première rasade, qu'il vida d'un trait. Sentant l'impatience d'Eugène, il simula un vif intérêt pour son verre, qu'il examina sous tous les angles, avant de livrer ses impressions.

— Euh! Pas vilain, pas vilain du tout.

Le breuvage révélait la présence successive de Grand Marnier, de crème de cacao, de rhum blanc, d'Amaretto, d'armagnac, de liqueur de melon et de vodka.

— Je t'en reprendrais une *p'tite shot*, roucoula Clémence à l'endroit d'Eugène.

Satisfait, Dufort repartit avec la desserte qu'il manœuvrait tel un vélo embourbé dans un banc de neige. Quelques secondes plus tard, quand il se posta devant Clémence la cravate noyée dans la tasse qui lui était destinée, le liquide avait adopté une teinte aubergine.

Pour faire face à la demande, laissant de côté son véhicule, Dufort pressa le pas, traversa le bar. Il en ressortit chargé de bouteilles qu'il disposa sur l'échiquier de mosaïque d'ardoise de la table basse comme s'il s'apprêtait à disputer une partie d'échecs. Edgar avança sa tasse. Eugène fit mine de lui repousser la main.

— Tut-tut! Laisse faire ça! Écoute-moi bien. Il lui présenta la bouteille de Grand Marnier.

— Tu t'en envoies, disons, une once. Ou deux. Mets-en deux. C'est ça! Maintenant, tu refiles la bouteille à ta voisine. Voilà! Dans le sens des aiguilles d'une montre. Ensuite, ensuite... la crème de cacao!

Ça, c'est au goût... Et on passe à Laurette! Bien. Puis, on continue comme ça. Sont placées dans l'ordre : Rhum blanc, Amaretto, armagnac, liqueur de melon et vodka. Ça, la vodka, t'es pas obligé d'y aller avec le dos de la cuillère. Gênez-vous surtout pas! Faites comme chez vous.

Les alcools sautaient d'une main à l'autre à une vitesse affolante. Les bouteilles s'accumulaient sur l'échiquier.

— Tu nous as pas dit, Labrosse, c'était quoi ton tuyau! souleva Eugène. Me semble que j'me sentirais plus chez nous si j'en savais un peu plus... insista-t-il.

— À cheval donné, regarde-t-on la bride?

— Thierry!

Huit yeux l'imploraient dont l'un, appartenant à Dufort, qui crépitait comme un feu. Sous la pression Labrosse céda.

— Bon, bon, je vous explique...

Thierry a d'abord tenu à préciser que les histoires qui se tiennent sont des chimères. Des histoires, avec une queue et une tête, eh bien, on voit ça qu'au cinéma. La réalité est beaucoup trop déroutante. Tirée par les cheveux. Elle ne fait pas crédible. Les œuvres de fiction tuent la réalité en la rendant vraisemblable. Eugène manifesta un peu d'impatience : «Tu peux-tu t'enligner un peu plus vers le but?» Sur quoi Labrosse a répondu qu'il fallait bien une entrée en matière et que voilà, c'était fait, on se calme. Il se racla la gorge pour ne pas ménager les effets : «C'est l'histoire d'un type, Gérard, qui décide, après quelques années d'errance, de réintégrer la société. Il se dégote, pour mieux se couler dans le décor, un costard presque neuf, une chemise, une cravate et des godasses à la Maison du Père, où, luxe suprême, il prend une douche, se rase et dort dans un lit. Le lendemain, en fin d'après-midi, sûr ne pas attirer l'attention, il se présente ici-même, dans le but de procéder à un insignifiant cambriolage. Manque de bol, le propriétaire des lieux veille à l'habillage des arbustes et des rosiers pour l'hiver. Il voit Geb et lui demande s'il vient pour le poste de gardien à domicile. «Bien sûr» qu'il dit, Geb, qui n'est pas plus fou qu'un autre. Ils discutent un moment, concluent l'affaire, enfin bref, j'en passe, Geb, dès le lendemain à l'aube, doit se présenter pour assurer le bon fonctionnement de la maison. Je vous épargne les détails, Geb saute sur la bécane volée plus tôt et roule à fond de train jusqu'à la Maison du Père où il compte passer la nuit. Il me déballe tout. On retourne nos bas de laine et on sort fêter ça. Le lendemain matin, Geb, qui cuve toujours, enfourche sa bicyclette. Seulement Geb, c'est dans la choucroute qu'il pédale, le pauvre. Cherchant à lui donner de l'élan, je le pousse dans le dos. Geb décolle et fonce droit devant, dans un camion de gazole. Le camion qui cherche à l'éviter se renverse et flambe. Pchiiiiit! Geb, réduit à un tas de cendres. Tellement que personne n'est en mesure de dire s'il s'agit d'un cleb, d'une nana ou d'un mec. Aucun témoin. Le camionneur, ils te le ramassent lui aussi à la petite cuillère. Peut-être bien qu'y en avait un peu des deux dans les sacs dans lesquels ils charriaient les bouts de bidoche cramée qui tenaient lieu de restes, allez-y voir... Aucun témoin donc, à part moi. Je me ramène la poire et leur déballe que l'mec, celui qui était à vélo, c'est mon pote, Thierry Labrosse! Ils inscrivent sans pouvoir les vérifier les renseignements que, de bonne foi, je leur donne. Thierry Labrosse, ainsi enfoui dans la fosse commune adjacente à la Maison du Père, je devins Gérard Mallarmé. Ils m'ont remis, de manière plutôt expéditive, disons-le, le trousseau de clés de mon pote. Intactes, elles étaient. C'est tout ce qu'il possédait. Je l'ai pris comme un héritage.

J'ai marché jusqu'ici, aussi bien dire jusqu'au bout du tunnel. Les clés m'accompagnaient d'un air de musique. J'ai regardé le château, du haut de la colline, on le voit bien en plein jour, et je me suis dit : «Nom de dieu de sacrebleu de mes deux, une occase pareille, faut être givré pour laisser passer ça. Pas vrai?»

*

Le jour se lève, ai-je pensé. Labrosse et Dufort, les quatre fers en l'air, échangeaient de puissants ronflements. À nos pieds, délivrés de leur carcan de cuir italien et de leurs bas de soie, les bouteilles aux formes diverses, le ventre vide d'avoir trop rempli les nôtres, se soutenaient les unes les autres, tels des ivrognes.

Contre toute attente, cette promiscuité soudaine m'émouvait. Lorsque mes doigts ont rencontré l'étoffe de la veste de Dufort dont j'étais recouverte, une boule s'est formée dans ma gorge où elle a roulé. Mes yeux se sont remplis d'une eau qui n'était pas celle des larmes car je n'en possédais plus.

74

Peu à peu me sont revenus les mots, les images de récits rythmés par l'alcool – lequel, on le sait, délie les langues, jusqu'aux moins loquaces –; les récits troublants de Clémence, de L'Étoile, Labrosse et Dufort. J'ai regardé autour de moi et je me suis demandé où était la part de vérité, la part de rêve... Au fond, quelle importance! Les histoires vraies sont les moins crédibles.

CONFIDENCES

Thierry Labrosse

Prendre une brosse : se soûler

A U NOM PRÉDESTINÉ, pour le buveur compulsif qu'il est devenu, Thierry Labrosse vient, selon ses dires, d'outre-mer et d'outre-tombe aussi, si l'on veut. Après deux mois de service militaire (obligatoire à l'époque) au cours desquels il a fait plus de huit tentatives de suicide, tentatives réussies compte tenu qu'il ne tenait pas précisément à mourir mais plutôt à se sortir de «cette foutue galère», il s'embarqua pour Montréal parce qu'un vol pour cette destination était prévu dans les minutes qui suivaient.

«Un siège juste à côtés des w.-c.! J'vous dis pas! En plus, y'avait cet espèce d'enquiquineur qui s'arrêtait pas de me les casser avec cette foutue Tour à chier, le Louvres, la Loire, la Seine et tout le bastringue avec un accent que j'vous dis pas. Bon, à la fin tu t'y fais et c'est franchement marrant. N'empêche, pas fermé l'œil, le con!»

À sa sortie de l'avion, le froid qu'il n'avait pour ainsi dire jamais anticipé, lui saisit les «roustons» : «Moins vingt-sept, con! Moins vingt-sept! Putain! Mais qu'est-ce que... C'est quoi, ce foutu pays?»

Au chauffeur de taxi maghrébin qui le prit à bord de son américaine «large comme un cul de vache», il demanda à tout hasard «Pouvez m'déposer au Paris?», persuadé qu'il était, Labrosse, que, dans chaque pays qui se respecte, il s'en trouvait un. Seulement, un détail qui, sur le coup, ne l'avait pas effleuré, Labrosse, c'était le nombre d'étoiles. Cinq au total. L'architecture 1760, le luxe, le confort, le service, enfin tout le bastringue...

— Le Paris, m'sieur! annonça le chauffeur.

— Tenez mon p'tit, prenez ça. Et gardez la monnaie! lança Labrosse ému de ses propres largesses.

— Désolé M'sieur, mais j'prends pas l'argent étranger, M'sieur. Faut convertir au comptoir. J'vous attends avec le compteur, M'sieur.

«Ce qui fait qu'après trois jours et deux nuits à m'vautrer dans du satin que t'aurais dit l'épaule d'une nana, pff! Plus un rond! Mais alors que, manière de causer, je m'envoie un dernier pastis au bar, y a le mec derrière le zinc qui s'met à m'causer et qui m'sort visiblement embêté :

— Le cuistot s'est barré.

Moi, tu parles, j'allais pas laisser filer!

— C'est dingue ça, que je lui réponds, parce que moi, justement, j'suis cuistot aussi.

Le hic, c'est que Labrosse, n'avait pour ainsi dire, jamais mis les pieds dans une cuisine. «L'idée, c'est de faire comme si. Et tu demandes, l'air de rien : vous l'apprêtez comment, ici, la poularde truffée en ballottine?

— Ben, tu la déposes à cru, tu lui réserves le foie et tu lui prépares une farce : oignons haché, jambon...»

Et c'est de cette façon que Labrosse devint un sacré chef. Mais alors que tout baignait, Labrosse, le pauvre, tomba amoureux à en perdre la tête. Un homme sans tête ne peut obéir à la raison. Il n'obéit qu'à son cœur. Elle, c'était son nom, l'avait compris. Elle faisait de lui ce qu'elle voulait. Une ensorceleuse, selon certains, qui aurait en d'autres temps, péri brûlée sur un bûcher, à n'en pas douter. Elle le tenait ferme en son pouvoir.

C'est à ce moment qu'il se mit à sombrer, Labrosse, et qu'il se lança, graduellement puis systématiquement, dans l'élaboration exclusive de mets additionnés d'alcool : poulet aux cinq portos, spirales aux pétoncles à l'érable flambés au cognac, blanc de pintade braisé au champagne frais, glace aux raisins rouges sans pépin et à l'armagnac, baba marbré au rhum blanc et ambré, et autres inventions du genre, dans le but inavoué de se noyer de l'intérieur.

Le jour où un richissime habitué de la maison réclama une louche pour venir à bout de sa rosace de pamplemousse et crevettes au vin, Labrosse fut viré. Comme sa gonzesse continuait malgré tout à collectionner les factures comme les tapis, la poussière, Labrosse se rabattit sur l'enseignement et obtint, plutôt aisément, un poste de professeur de français, parce que, il faut bien l'admettre, la croyance populaire fait du Français, grâce ou à cause de son accent, un expert inné en la matière. Du jour au lendemain donc, Thierry Labrosse, plein comme une bourrique de coq au vin et de flan de canneberge à la liqueur de poire, se vit confronté, comme il se plaisait à se le rappeler, à pas moins de vingt-huit tronches de rat, dont il n'avait strictement rien, mais rien à cirer. Et comme le Labrosse en question n'en avait rien à cirer de ces petits cons, il se les mit dans la poche. La coqueluche. On se l'arrachait. À en faire crever de jalousie les éminences du haut savoir.

Le drame, c'est que pendant ce temps, la belle qui ne levait le petit doigt que pour boire son thé, continuait d'exiger. D'exiger toujours et davantage. Pour la boucler, Labrosse multiplia les combines hasardeuses et les alcools. «Le pire là-dedans, c'est que malgré tout le mal qu'elle m'avait fait, j'arrivais même pas à lui en vouloir.»

Tandis qu'elle lui faisait alterner la pluie, le beau temps et l'orage, les amis le délaissaient : «Une vraie furie... Se mettait à tout casser... Me péter la télé, la table de la salle à dîner, la chaîne stéréo, la lampe sur pied, les lunettes, c'est symbolique les lunettes, vas-y que je te crève les yeux... Remarquez qu'en de telles circonstances, la myopie présente certains avantages... D'ailleurs, j'ai plus jamais porté de lunettes. Après la crise, Elle, c'était son nom, Elle... venait vers moi, me prenait dans ses bras. On s'mettait à danser en amoureux au beau milieu de c'bordel d'éclats de verre... C'est dingue ça, non? Mais c'est comme ça. Et... t'y peux rien.»

Un jour, rien de prévisible, elle se barra avec un mec. Un mec ET le mobilier. Tout le monde l'avait, bien sûr, mis en garde, Labrosse. Mais l'admettre, c'était se renier.

À partir de ce moment, il se mit à perdre la carte, Labrosse, mais bien. Et ça aussi, c'était plutôt prévisible. Sauf pour lui.

Au bout de quelques jours, qui lui parurent une éternité, juste comme il commençait à remonter la pente, plaquée par l'autre, sans le sous, sans meuble,

Elle rappliqua. Les potes de Labrosse venus arroser ça, déguerpirent aussitôt, sans demander leurs restes.

Ces faux départs durèrent des années. Des années d'espoir et d'orgueil bafoués. «J'pouvais pas faire autrement. Et vous voulez que j'vous dise? Eh bien, à sa façon, à sa façon bien à elle, j'suis persuadé qu'elle m'aimait. À la manière, voyez, dont elle m'embrassait... quand j'partais bosser l'matin. Y'a des p'tits détails qui trompent pas. Je sais, c'est difficile à croire. Mais elle m'aimait. Elle m'aime. Et ça, y'a personne d'autre qui peut savoir.»

Sept ans. Sept ans presque jour pour jour qu'elle disparaissait pour de bon. Labrosse, lui, attendait toujours son naufrage.

Clémence Pino

*Pinot : cépage répandu, cultivé notamment
en Bourgogne, en Champagne*

« J'PENSE qu'i vaut mieux réussir un enfant, que d'en rater cinq. Mes parents, eux, y' se sont rendu à cinq après quoi, mon père, y' a fichu l'camp.

«Prudence, Constance, Jeanne-Mance, Hortense, puis moi, la p'tite dernière. On était cinq filles chez nous. C'est pas pour ça qu'y' est parti. Y'est parti parce qu'i pouvait pas faire autrement. Peut-être bien qui s'est dit qu'y' avait juste une vie pis que c'était pas celle-là. Maman a perdu goût à la sienne. Elle s'intéressait à rien. Tout l'épuisait : s'lever, s'laver, faire une brassée, remplir le frigo. Elle estimait qu'on était assez dégourdies pour voir à nos affaires. La plus vieille avait treize ans.

«Ça fait que ma mère passait ses journées à parler au téléphone. Non. Elle parlait dans le téléphone. Y était débranché. Elle parlait en tricotant. L'appareil en appui entre sa joue et son épaule, elle maniait les aiguilles. Elle tricotait un foulard. C'est tout c'qu'à savait faire. Il devait avoir vingt kilomètres de long. Quand elle avait pu d'laine, elle détricotait quelque chose. On aurait pu s'mettre à jouer à la roulette russe là, devant elle, elle aurait pas bronché. Elle était «occupée». Même après c'qui est arrivé à Constance. Même ça, ç'a rien changé. Ou peut-être

84

bien qu'oui, que ç'a changé quelque chose. Peut-être qu'elle a passé plus de temps pendue à son fil comme Constance après sa corde. »

Clémence peignait. Elle possédait le génie des couleurs. Tout le monde s'accordait à le dire. On la qualifiait d'extrêmement prometteuse. Clémence recevait les honneurs comme les promesses d'un amour éternel.

Mais les années passées à se plier aux lubies des uns et des autres lui ont fait perdre la main. « L'école m'a brisée. C'est aussi simple que ça. Les maîtres. Ceux qui possèdent la connaissance, pas forcément le talent. À la fin, j'arrivais même plus à tenir un pinceau. J'savais plus. T'en viens à perdre toute spontanéité. »

Sans se donner la peine de déballer son diplôme de son enveloppe cartonnée, *prière de ne pas plier*, Clémence Pino devint Jeanne Généreux. JG pour les intimes. Au Diable les toiles ! Jeanne, JG, avec le montant des ventes de ses tableaux, misa plutôt sur l'achat d'une robe noire à double bretelles en tissu extensible, d'une paire de bas noirs extra fins, de souliers noirs à talons, et d'un petit sac noir complétant le tout. « C'est ben d'valeur, mais si tu portes pas d'noir, ça pogne pas. C'est tellement ancré en eux... »

À l'époque, ronde sans être corpulente, aussi appétissante avouons-le qu'une poire au caramel fondant, JG s'offrait un nouveau triomphe et un diamant sur la dent. Délaissant les musées et les galeries au profit des hôtels, jamais moins de cinq étoiles, elle faisait sensation. Sa distinction naturelle, ses connaissances en matière d'art universel, de même que son franc-parler et sa sensualité débordante, digne d'un tableau de Manet, exerçaient une force d'attraction hors du commun, déchaînaient les passions. «J'ai vite compris que la bonne conscience avait un prix : le mien.» Dès son premier client, elle dicta ses règles : «Je lui ai dit c'est *tant*, pis *avec* préservatif» d'un ton sans réplique. J'm'attendais un peu à c'qu'i me vire de bord, ben non. Même pas. Faut croire que si tu mets l'paquet, c'est qu'tu l'vaux. Et ça, ça en impose. Ça s'appelle le respect.» S'accordant une pause, elle enchaîna : «C'est pas... C'est comme si j'avais fait ça fait toute ma vie. C'est pas pire que de r'passer des chemises... Dans l'fond là, c'qui r'cherchent ces gars-là, c'est ni plus ni moins qu'du cinéma. Y' s'payent un rôle avec JG, reine d'la porno. La réalité, ça, c't'une autre paire de manches...»

«L'important dans l'métier, c'est de n'pas perdre de vue ton plan de carrière : la retraite! T'occupes le gars, tu t'occupes l'esprit : tes placements, tes cotes, les taux d'intérêts, ton hypothèque, ta liste d'épicerie, les factures à payer, le ménage faire... Une simultanéité, en quelque sorte, qui te permet de joindre l'utile au désagréable. Comptabilité et affaires courantes d'un côté, travail de l'autre.»

Clémence fouilla dans ses souvenirs : «Les femmes, là, qui s'imaginent que leur homme, lui, est différent, ben j'ai des nouvelles pour elles! Ni mieux, ni pires, sont *tous* pareils. La seule différence, c'est qu'y' en a qui s'donnent la peine d'appeler à maison, *avant*. C'est tout. De toute manière, tricher sa femme avec une putain, c'est pas tricher. Ça compte pas. L'infidélité, c'est avec une femme que

86

tu payes pas, même si ça reste un accident, "c'est arrivé une seule fois je l'jure!" comme on s'foule la ch'ville, oui, sans prendre son pied.»

Nouvelle incursion dans le passé : «Puis j'vais t'dire de quoi ma Laurette, au cas où tu l'saurais pas déjà, c'est pas parce que t'es plein aux as, que ça fait toi un bon amant. Ça s'pourrait même qu'ce soit inversement proportionnel à ton portefeuille. Parce que l'amour est un art et n'est pas artiste qui veut! Faut avoir la touche! C'est dire que les fonctionnaires du sexe, c'est pas c'qui manque! Dans c'temps-là, t'attends qu'ça passe. Un peu comme une crampe.»

«Les pires, ma foi, c'est l'monde célèbre. Ceux qui font d'la télé, des niaiseries d'émissions plates. La vie qui s'regarde mais en plus déprimant. Sauf qu'eux, y' ont bien répété leur rôle tellement qu'y' savent plus s'arrêter. Et ça continue. Les grands airs! La belle voix aux *accents de vérité*! Tu parles! T'as beau pas les connaître, font chier pareil... Des vraies *prima donna*! Puis radins avec ça! Jamais vu ça. Comme si y' t'faisaient une faveur. Du genre : "Pourquoi j'paierais quand j'les ai toutes à mes pieds?" Ben c'est ça, chose, va te faire voir ailleurs. C'est pas parce tu connais tes textes su' l'bout des doigts que t'as que'que chose à dire. Grand parleur, p'tit baiseur oui...»

À ce stade de son récit, Clémence se renfrogna : «Puis t'as ceux qui sont même pas attirés par le cul. Ceux-là, laisse-moi t'dire, qu'y'a pas plus dangereux.» Clémence hésite, poursuit : «Un soir, comme ça, un régulier... maudit malade... Son truc à lui, c'tait d'épater la galerie. Se pavaner aux bras de JG en

87

laissant croire qui l'avait l'affaire... Vois l'genre ? *Plein aux as, mais qui vaut pas cher*. Avant d'mettre les pieds quelque part, le gars, toujours à moitié bourré (ça donne du courage), sortait sa liasse. Toi, tu ronges ton frein. Tu sais c'qui s'en vient. Tu souris. T'aurais juste envie d'lui enfoncer son pognon dans l'fond d'la gorge pour qui s'étouffe avec. Le gars faisait glisser ses billets dans ma craque de seins qu'y tripotait comme des poignées d' porte : "Dis-le qu't'aimes ça, hein, t'aimes ça, hein, ma JG ?" Mets-en qu'j'aime ça, gros sans-dessein. »

« Toujours est-il qu'aux p'tites heures du matin, cette journée-là, dans le stationnement de j'sais plus trop quel hôtel, Le Paris, j'crois bien... aucune importance, j'lui dis "Bon là, ton cirque ça va faire ! J'en ai ma claque, tu continues sans moi." »

« Le vois-tu pas qui perd les pédales : "J'te paye criss, toi, tu bouges ton cul !" J'garde mon calme, j'essaie d'lui faire comprendre qu'on s'est bien amusés mais que là fini, dodo. Y' s'met-tu pas à m'traiter de pute, moi, une travailleuse diplômée ! J'te l'regarde droit dans les yeux puis j'lui ressors toutes les maudites piasses qui m'avait fourrées dans l'bustier. J'le r'garde droit dans les yeux puis j'lance ses piasses en l'air. J'les déchire en morceaux. Des confettis, son ostie d'fric. »

« Y l'a pas pris. Ça l'a complètement... détraqué. Y' s'est mis à me fesser d'sus, mais pas à moitié. Ça craquait comme du bois sec. J'ai perdu connaissance. Heureusement ! »

Après plusieurs jours d'un coma, dont on croyait qu'elle ne se relèverait jamais, Clémence revint à elle pour apprendre, qu'en plus des multiples fractures et commotions subies, une tumeur avait été décelée. «Le reste est venu tout seul. Ablation d'un sein, de l'autre, reconstruction mammaire. Pour moi, cette descente aux enfers, correspond à l'image d'un avion dans lequel tu prends place, et qui se met à piquer du nez. L'avion va s'écraser. C'est clair. Et t'y peux rien. Aucune emprise là-d'sus. Comme la maladie. Qu'est-ce qui fait d'toi une femme, quand on t'a tout enlevé?»

C'est avec les traitements administrés que sa chair s'épaissit : «À partir du moment où tu t'fais baiser par en-d'dans, essaye donc d'y penser à tes placements... tes factures... ta liste d'épicerie :

Un litre de lait

Fonds mixtes

Fonds internationaux

Un chou-fleur

Téléphone

Placements garantis

Équilibrés

Sécuritaires

Prometteurs

Électricité

Chou-fleur

Chou

Fleur

Cancer

Cancer-fleur

Cancer

Maman?»

Edgar Bourbon-de L'Étoile

Bourbon : Alcool de grains à base de maïs qui rappelle le whisky, consommé surtout aux États-Unis.

D ANS LA FAMILLE Bourbon-de L'Étoile, le trio équilatéral composé d'une mère violoniste, d'un père contrebassiste et d'un fils violoncelliste, s'inscrit dans la plus pure tradition musicale des de L'Étoile. Tout jeune, Edgar s'éprend des courbes de son instrument, de ses cordes sensibles qu'il caresse de son archet à longueur de journée afin d'en recueillir les plus belles harmonies.

Chez lui, la moindre émotion se traduisait par des silences ou par des sons organisés dans l'espace, comme autant de coups de pinceaux sur la toile de Clémence Pino. Divine, impétueuse, lyrique, comique, la musique est voix. Sans ambiguïté. Elle dit tout.

Mais Edgar, aussi virtuose soit-il, présentait, aux dires des enseignants et des directeurs des différents établissements fréquentés, une asocialité évidente. Le jeune enfant, et plus tard l'adulte, mesurant la dichotomie des pensées et des paroles, n'admettait que le langage musical. Dès lors, il traversa de longues périodes de mutisme léthargique ou d'agitation extrême, vociférant contre le mensonge, l'hypocrisie et les phrases vides de sens. « Les mots parlent mais ne disent rien ! » dénonçait-il.

Adulte, il se replia de plus en plus sur la musique, jusqu'à ne plus pouvoir s'ouvrir. Son esprit désintéressé des simulacres, ne s'employait plus qu'à faire chanter ses partitions. Il joua ici et là. Musique d'ambiance pour clientèle d'un soir.

Pour la science, Edgar constituait un cas. C'est-à-dire : on ne sait pas. Autisme ? Schizophrénie ? Génie ? Quoi qu'il en soit, tout le monde s'entendait pour le qualifier de «différent». Son teint blafard, ses yeux exorbités, son crâne chauve et sa bouche fendue en arc, renforçaient ce sentiment, cependant que ses premières compositions, révélaient un talent immense et à la fois insaisissable, et que son nom, de l'Étoile, acquérait tout son sens.

Couvert de gloire comme jadis de ridicule, Edgar Bourbon-de l'Étoile devint un monument de la musique contemporaine, une source d'inspiration pour sa génération. Dans les coulisses des plus grandes salles du monde où il daignait se produire, on le surnomma L'Étoile.

Mais alors qu'il était au faîte, l'arthrite s'insinua dans les articulations de ses doigts. La douleur et le désarroi, qu'il ne pouvait exprimer à travers son violoncelle, l'étouffèrent à grand feu. «Comme si t'arrivais plus à bander.»

Puis un jour, sous l'effet d'une frustration grandissante, il empoigna le manche de son instrument avec lequel il se mit à frapper le mur de son studio jusqu'à ce qu'il se désintégrât de tout son bois, jusqu'à ce que les os de son poing lancé à pleine force sur le ciment eussent été soient réduits en poudre à inhaler. «Quand tu tombes dans la "neige", tu tombes. Tout y a passé. J'aurais vendu ma mère, mon père, mon âme, juste pour m'en procurer.»

Eugène Dufort

Fort (du) : boisson très alcoolisée.

EUGÈNE DUFORT, issu de l'union tardive de Madeleine Lebeni et du docteur Vincent Dufort, connut une enfance somme toute privilégiée auprès de ses parents, d'un demi-frère Henri Ripolo et une demi-sœur, Adèle Dubois-Dufort. Mais alors qu'Eugène était sur le point de célébrer son neuvième anniversaire, une terrible collision frontale lui ravit sa fête, son gâteau d'anniversaire, de même que ses parents.

Henri Ripolo était pris en charge par son père Étienne Ripolo, et sa conjointe, Marie Cholette et Adèle, par sa mère Charlotte Dubois et son mari, Ibrahim Hassami. La situation d'Eugène s'avéra plus délicate. Personne, à dire vrai, pour lui offrir le réconfort d'un foyer. Des négligences administratives de la part des défunts semèrent, au sein de la famille, davantage de bisbille que de consternation. Les avocats s'emparèrent de l'affaire qu'ils firent habilement traîner. En attendant une décision de la Cour qui tardait à venir, Eugène passa d'une famille d'accueil à l'autre. À la fin du procès, la part de l'héritage d'Eugène à laquelle aspirait les Dubois, Lebeni et Dufort, avait fondu comme neige au soleil et Eugène avait atteint l'âge de la majorité.

«J'ai une solide expérience de l'itinérance, comme

vous pouvez l'voir! N'empêche que... ballotté d'un bord puis d'l'autre, pas de véritable chez-soi, toujours le p'tit nouveau à l'école... ça déboussole un peu.»

«C'qui a pas arrangé les choses, c'est que j'me suis longtemps d'mandé c'que j'avais à voir avec la mort de mes parents. Pourquoi ils étaient partis le jour de mes neuf ans. La culpabilité, c'est lourd à porter. Surtout à cet âge-là. Tu grandis moins bien mais plus vite que les autres. Toujours décalé. Pas d'attache. Sauf Ampère, le chien des Gatbonton. Quand j'suis parti de chez eux, j'pouvais pas l'emmener avec moi. Y' s'est jeté sous une auto.»

À part un intérêt pour le fonctionnement des appareils électriques et un chagrin qui se prend pour une colère, Eugène traîna sa vie comme d'autres, les pieds. Parce qu'il ne savait trop à quoi l'employer, il devient tireur d'élite.

«J'avais du visu. J'en manquais pas une. Bang! Drette dedans! Ce que j'aimais par-dessous tout, c'tait de faire claquer sur le sol le talon d'mes bottes pis le cliquetis des armes que tu recharges, leur puissance de frappe.»

Il se tailla vite une place au sein de l'armée. Fort de ses indéniables aptitudes, Eugène entreprit de courtiser Juliette Deschaux, fille de Jean Deschaux, électricien. Entre eux, un formidable courant passa. Ils se fiancèrent et se marièrent dans les mois qui suivirent. Et, dans les mois qui suivirent, Juliette mit au monde des jumelles : Sabine et Justine. Eugène se découvrit une puissante fibre. Réconcilié avec un passé peu charitable, il savoura son bonheur familial, celui, le seul, qui lui échappait.

Pour Eugène, c'était le commencement d'une vie nouvelle. Le commencement et la fin. Alors que les filles avaient à peine un an, Eugène était envoyé en mission spéciale dans un pays dont il connaissait à peine l'existence : «Au début, tu tires sur des véhicules, tu tires de loin. Avec un gros calibre tu peux atteindre un objectif situé à 1,600 mètres. Sauf que tôt ou tard, c'est du monde que t'as dans la mire. C'est du monde que tu tues. Tu fais ta job. T'es là pour ça. Tu tires, eux-autres, Y' tombent. Bang! Suivant. Bang! Jour après jour. Bang! Bang! Quand t'arrêtes d'les compter, c'est que t'as perdu l'compte pis la boule avec.

«Sur le coup, t'agis comme un automate. Tu tues pis tu ramasses les cadavres. Tu vois des corps d'hommes, de femmes, d'enfants, des gens qui t'ont rien fait, du monde comme toi pis moi à part qu'y' parlent une autre langue pis qu'y' s'habillent d'une autre manière. Ton cerveau enregistre tout ça. La poussière, le sang, les yeux ouverts sur l'étonnement, les cris, les bouttes sanguinolents de chair, une femme qui s'arrache les cheveux à pleine poignée de mains, un enfant qui pleure à côté du corps sans vie de son père. Ton cerveau enregistre ça à la manière d'une caméra. Y' stock des images, des sons.

«À ton retour, quand enfin tu prends ta femme pis tes filles dans tes bras, le film se met en marche. Tu veux pu les lâcher. Tu les étouffes. Tu dors plus. Tu veilles sur elles. Tu peux plus rien faire d'autre. T'étais un homme, t'étais fort, t'as fait la guerre. Asteur, au moindre bruit, tes sphincters te lâchent. T'as l'œil qui cligne comme une étoile. Faque tu bois.

Ça te donne le courage de sortir acheter ta bière au dépanneur du coin. Ça t'gèle. Ça fucke la bobine.

« Un jour j'tais en train d'm'en envoyer une quand j'ai réalisé qu'j'étais au beau milieu de nulle part. J'savais pas comment j'm'étais rendu là mais j'savais qu' j'allais y rester. C't'ait mon dernier champ d'bataille. »

Laurette Chardonnet

Chardonnay : Raisin blanc, variété de pinot.
– Vin fait avec ce raisin.

«L AURETTE Chardonnet. C'est mon nom. Mes parents étaient un modèle de haine. L'origine de cette détestation remonte à la nuit des temps. Ce sentiment, plus que tout autre, ne laisse aucun répit. Manigances, pièges, il exige beaucoup de calculs. Ainsi soumis à ce combat implacable auquel ils se livrèrent sans merci et avec raffinement, ils n'étaient guère en mesure, on le comprendra, de s'adonner à toute autre forme de distraction. Avec ma naissance, leur animosité atteignit des sommets.

«En grandissant, leurs joutes oratoires ne m'affectaient guère plus qu'une variation atmosphérique. On fait avec. La découverte des livres m'a été d'un grand secours. En dehors des livres, rien n'existait. Je passais de l'un à l'autre. Je lisais sans arrêt. J'avais même pris l'habitude de lire en marchant.

«Je lisais au travail. J'étais correctrice d'épreuves. Gustave lisait des chiffres dans la banque qui l'employait et où je détenais un compte. Il possédait la patience infinie et la méticulosité d'un rentrayeur de tapisserie. Il était gaucher. Souriant.

«Notre amour s'est tissé naturellement.

«Puis, Virgile est arrivé. Nous révélant un amour jusque là inconnu, une vulnérabilité jusque-là inconnue. Notre bonheur ne connaissait pas de limite. Virgile...

« Lorsque la banque a été l'objet d'un vol au cours duquel deux faux agents firent main basse sur des centaines de milliers de dollars, Gustave et moi avons été placés sous enquête. J'étais allée le rejoindre pour dîner. Ils ont pensé à un complot. Gustave s'en était amusé. Il possédait la confiance des justes que rien n'ébranle.

« Virgile était devenu un jeune homme.

« Il avait dit : "Ce soir, j'vous fais des pâtes, vous vous occupez du vin." Mais il n'y a pas eu de pâtes. Il n'y a pas eu de vin. Virgile avait dix-neuf ans. Il occupait un emploi d'été dans la construction. Il était beau, Virgile. Tombé, Virgile. Du haut de l'échafaudage sur lequel il travaillait pour financer ses études. Paf! Sagesse, son collègue, n'avait rien vu venir. Rien pu empêcher. Une couverture a été déployée sur lui afin de le soustraire aux regards des curieux, massés derrière un ruban jaune. Une sensation de vertige s'est emparée de moi. Chaque pas conduisait au bord de l'abîme. Ma vie était une chute ininterrompue. Une épreuve impossible à corriger.

« L'absence de plus en plus présente de Virgile, m'a fait concevoir l'inadmissible, le désordre des choses. Gustave m'est devenu étranger. Je ne comprenais plus le lien qui nous unissait. Qui était-il ? Que faisait-il près de moi ? Ses mains, je n'en voulais plus sur ma peau. Je ne voulais plus de son regard qui cherchait le mien. Plus de ses mots, de ses silences, de ses pas, de ses bras, de sa foi. Je n'avais rien à offrir. Rien que ma peine. J'ai ouvert la porte sur la pluie. J'ai fait miennes ses larmes. »

QUATRIÈME PARTIE

« **R** IEN... rien de plus... pluie... » Mes pensées se dissipaient dans le brouhaha qui accompagnait l'entrée en scène d'un Labrosse casqué d'une toque blanche, brandissant un torchon maculé de sauces et qui émettait avec la bouche, des sons de trompette : « Dernier appel ! Mesdames et Messieurs, vous êtes priés de vous présenter à la salle à dîner et de détacher vos ceintures ! Un modeste petit déjeuner, composé d'œufs mollets florentines, de grands-pères à l'érable, de sorbet aux framboises sur gaufrettes au chocolat et d'une salade de fruits frais à la gelée de pomme, vous sera, gracieuseté de la maison, servi sous peu, accompagné d'un vin de Champagne. »

— J'aurais bien dormi encore quelques heures, a bâillé Clémence. Quoique... plus j'y pense, plus j'entrevois une petite faim, finit-elle par admettre.

— Dire qu'on croyait en avoir soupé d'la vie... dit Eugène.

Malgré les excès de la veille, l'énumération du menu nous a vite remis l'eau à la bouche. Le cheveu en bataille ou, dans le cas d'Edgar, resté accroché au bras d'un fauteuil, les vêtements froissés et l'œil hagard, tous paraissent, à l'exception de Labrosse, ralentis par l'effet de puissants sédatifs.

— Un p'tit Brésilien flambé, histoire de se remettre les yeux en face des trous ? Oui ? Non ? On hésite ? Et bien cher public, admirez la technique.

— Un p'tit Brésilien a gloussé Clémence. J'veux bien. Et toi, Laurette ?

Après avoir versé, dans les cinq tasses posées devant lui, le café, le sucre, le cognac, la liqueur de café à l'orange et déposé un chapeau de crème fouettée pour égayer le tout, Labrosse a gratté une allumette, laquelle, contre toute attente, lui a enflammé la toque qu'il avait sur la tête. Alors que les flammes gagnaient en intensité, Eugène, devant l'inertie causée par la stupéfaction, empoigna le torchon de Labrosse et lui en balança quelques coups sur la tête pour atténuer le feu. Lorsqu'il ne resta plus qu'une vague odeur de brûlé, Labrosse, comme si de rien était, poursuivit les opérations.

— Le café est servi. *El cafe está servido.*

— C'est pas du portugais, ça. C'est de l'espagnol, a signalé Clémence.

— On fait avec ce qu'on a. Alors, café ?

*

— Je suis fourbu, déclara Eugène dont l'œil droit était pris de soubresauts. Pire qu'une journée de travail. Clémence proposa de monter à l'étage prendre un peu de repos.

— Il doit bien y avoir des ascenseurs, fit valoir Edgar. Je mettrais ma tête à couper.

— C'est pas déjà fait ? questionna Eugène.

*

Je me suis réveillée avec une sensation d'étrangeté. J'avais fait un rêve. Un rêve merveilleusement érotique. Une éternité que cela s'était produit. Il y avait cet homme vêtu d'un habit d'époque. J'étais moi-même pourvue d'une robe longue façon *Révolution française*, les seins prêts à jaillir de leur corsage. L'homme avait enfoui son visage dans leur doux renflement. Autre plan : l'homme cherchait ma bouche. Nos désirs se confondaient. Mon ventre s'ouvrait.

J'avais oublié les rêves, j'avais oublié l'amour.

*

Je mijotai longtemps dans la baignoire où des arômes d'agrumes, de cannelle et de girofle montaient comme d'un chaudron fumant. Puis, prenant à peine le temps de refermer le peignoir sur mon corps humide, je m'élançai dans la garde-robe où des créatures de tissus, nonchalamment adossées les unes aux autres, telles des courtisanes, se mettaient en frais pour me séduire. Une robe émeraude bouillonnée au bas, au corsage montant, obtint ma faveur. Une paire de sandales garnies de plumes à reflets verts semblait de connivence avec elle. Je me hissai sur leurs pointes.

Imposant la touche finale, mes doigts me parèrent d'un collier de papillons aux ailes déployés et m'étalèrent sur la bouche un rouge *Passion Dévorante* tenue longue durée. C'est alors que je remarquai mes ongles. Ils étaient longs. J'avais cessé de les ronger.

*

Le son des voix et celle du piano me guidèrent au salon où étaient rassemblés Edgar, Eugène et Clémence. De L'Étoile faisait la leçon à Eugène, lequel, attentif, semblait, ma foi, posséder quelques dispositions musicales. Tous deux, soudés côte à côte sur le banc à robustes pattes félines, paraissaient portés par le flot ininterrompu du fleuve frissonnant de leurs doigts sur les notes.

Plus loin, dans l'angle opposé, la main de Clémence Pino, prolongée d'un pinceau, décrivait des arabesques sur une toile exposée à même le buffet dix-huitième richement sculpté, chevalet de fortune. Un tablier de cuisine protégeait son ensemble Armani d'éventuelles éclaboussures.

Empruntant un livre au hasard, je m'installai dans le fauteuil gondole à dossier en noyer mouluré, avec l'intention d'y jeter un œil. C'est le moment que choisit Labrosse pour apparaître, la tête à moitié dissimulée sous une tuque rouge, garnie de fourrure blanche et agrémentée d'un grelot blanc : «Chers, trop chers amis, à toutes et à tous ici présents, je vous souhaite, du fond du cœur, un très joyeux Noël!»

Interloqués par cette nouvelle lubie, nous attendions, non sans une petite pointe d'excitation, la suite des événements : «Eh oui, que voulez-vous, je suis un sentimental et toute cette blancheur à perte de vue a fait naître en moi une envie de gastronomie du temps des fêtes. Bref, je vous ai concocté chers amis, un de ces festins que j'oserai qualifier de *divin*, rien de moins, et que, par conséquent, je vous invite à venir partager. Mais d'abord, passons, s'il vous plaît au petit salon. »

— Il nous plaît, avons-nous approuvé.

— Avoir su, j'aurais mis autre chose, se reprocha Clémence.

— Il est très convenable cet Armani, soutint Labrosse.

— *Trop* convenable. Rien de clinquant, de sexy, déplora Clémence.

— Bah! Il y aura d'autres occasions!

Avant de quitter la pièce, mon regard, que je ne cherchais pas à retenir, a dévié sur la toile de Clémence. Même inachevée, la force des couleurs, le mouvement, réveillaient une émotion dont l'intensité me prit au dépourvu.

— Laurette, tu viens? demanda Clémence.

J'avais envie d'enserrer la toile dans mes bras et de rester rivée à elle sans plus la lâcher.

— Laurette!

Le ton monta. Je cédai.

*

Dans le petit salon, ainsi baptisé par Labrosse, pour le distinguer de l'autre – d'égales proportions – un sapin scintillait de mille feux. De la pointe de la tête, il touchait le plafond orné de guirlandes. À ses pieds s'entassaient, dans un équilibre précaire, des boîtes de cadeaux. Partout autour de nous, des lumières rose et or jetaient des étincelles.

— On se croirait à l'intérieur d'une bouteille de champagne, s'est extasiée Clémence.

— C'est intéressant ça : la perspective d'une bulle, fit remarquer Edgar.

Labrosse, fier de l'effet produit, nous proposa une simple cuvée spéciale et un accompagnement de crevettes à l'ail et au caviar sur canapés.

— L'entrée en matière! Joyeux Noël! Les cadeaux, je vous le dis tout de suite, c'est de la frime, tint à préciser Labrosse.

— Le cadeau, mon Labrosse, déclara Eugène avec émotion, c'est de passer l'hiver au chaud, le ventre plein! À la tienne!

— À Eugène! À Thierry! À Thierry! À nous!

Labrosse essuya une larme de son pouce et dit :

— Merci, si vous saviez comme ça me touche...

— Y'avait quoi déjà au menu? s'enquit Clémence qui gardait le nord.

*

Dans la salle à manger, métamorphosée en véritable royaume du Père Noël, les haut-parleurs déversaient leurs cantiques. Étourdis par toute cette féerie de couleurs, de lumière et d'ornements, nous ressentions une ivresse qui ne devait rien au champagne. «Joyeux, joyeux Noël, aux mille bougies quand chantent dans le ciel les...»

Tandis nous mordions à belles dents dans les viandes et les pâtés, derrière la baie vitrée, de gros flocons blancs reluquaient avec envie le contenu de nos assiettes.

Nous laissant à peine le temps de nous ressaisir, Labrosse revint à la charge avec une étoile de beignets d'huîtres à laquelle succédèrent un velouté de châtaignes et une langouste en Bellevue. Mais avant de passer à la tourte de pignons au genièvre, Labrosse nous accorda une grâce, implorée à genoux, qu'il mit à profit pour fumer à la chaîne quelques blondes de contrebande et pour retirer sa tuque de Père Noël, mettant ainsi à découvert, dressés comme des points d'exclamation, les rares poils épargnés par l'incendie.

Clémence a aussitôt entraîné Edgar dans un joyeux rigodon lequel s'est rapidement transformé en une danse hybride à laquelle tout le monde s'est joint dans le but de favoriser une digestion rapide. Chassant de ses énormes nasaux la fumée de ses poumons, Labrosse se contorsionnait pareil à un sorcier vaudou ; Clémence se lança, avec souplesse et sensualité, dans une démonstration de danse du ventre que nous tentions d'imiter.

C'est à bout de souffle que nous avons regagné nos places et nos verres. La tourte, à la hauteur de nos attentes, de plus en plus grandes, était aussitôt suivie d'une jardinière de verdures aux pêches, laquelle, aux dires du chef, ne contenait guère plus de cinq grammes de matières grasses.

Malgré cette nouvelle rassurante, les fermetures éclair, les boutons et les attaches s'autorisèrent un petit relâchement, nous permettant d'envisager avec plus de conviction le dôme aux griottes prévu pour dix, le flan de canneberges à la liqueur de bleuet, le plateau de fromages fins et le pain aux noix.

— Brésilien flambé, Thierry? suggéra Eugène, non sans malice.

*

De retour dans le petit salon, Eugène Dufort, à quatre pattes devant l'âtre, disposait, de façon méthodique, les bûches et le papier alimentant l'indispensable feu de foyer. Clémence laissait fondre sur sa langue les cœurs à la noix de coco confectionnés par Labrosse qui lui susurrait à l'oreille des astuces de pâtisserie. Edgar absorbé par l'alignement des touches sur le clavier paraissait en proie aux affres de la création, à moins qu'il ne se fût tout simplement endormi, ce qui demeurait la meilleure probabilité.

— On va manquer de combustible, constata Eugène, à moins de sacrifier les livres, ce qui serait dommage.

Labrosse pensa au courrier que les propriétaires recevaient et qu'il laissait s'empiler sur le carrelage de l'entrée où une fente pratiquée dans la porte permettait de l'introduire.

— Ça pourrait faire l'affaire. Y'en a un bon paquet.

Il ajouta en boutade : «Surtout des publicités et des offres de cartes de crédits!» Sa remarque le fit rire et son rire emplit tout l'espace du salon. J'ai dit «Ne bougez pas, j'y vais» et je me suis rendue sur place pour prendre la pile d'enveloppes, de journaux, de réclames, de magazines de chasse et pêche qui s'y trouvaient. J'ai réuni le tout, ce qui faisait une belle pile et beaucoup de feu.

Eugène vérifiait le nom de l'expéditeur avant de jeter le document dans les flammes. Cette petite indiscrétion l'amusait beaucoup. Je le secondais. La pile diminuait. Mes yeux sont alors tombés sur une page de journal que je tenais entre les mains et mon cœur s'est mis à jouer du tambour.

DISPARITION DE LAURETTE CHARDONNET : AUCUNE PISTE

10ᴱ ANNIVERSAIRE DU PLUS AUDACIEUX VOL EN SÉRIE

Aujourd'hui marque le 10ème anniversaire de ce qui demeure le plus audacieux vol de l'histoire du Québec lors duquel deux individus déguisés en...

Eugène tendait vers moi la main et s'étonnait de mon humeur chagrine.

— Faut pas croire tout ce qui est écrit. Les journaux c'est 10 % de vérité et 90 % d'invention. Eugène déchira le papier pour en faire des boulettes qui brillaient dans l'âtre comme des étoiles filantes. Dans ma gorge, une boule se formait aussi.

Clémence, détendue, racontait à qui voulait l'entendre, l'une de ces anecdotes dont elle avait le chic : «J'connaissais une fille. Ça d'vait faire une dizaine d'années qu'elle était avec le même bonhomme, ce qui en soi relève de l'exploit, et rev'nait de temps à autre à la charge pour évaluer, avec lui, les possibilités de faire un enfant. Sauf que Daniel, le gars en question, y voulait rien entendre : "Je serai pas le géniteur d'un innocent qui va avoir à respirer avec un masque à oxygène pis qui comprendra pas l'français quand j'vais m'adresser à lui." Louise, y' m'semble que c'tait ça son nom, en tous les cas, la fille s'était résignée à l'idée. Elle s'contentait d'être une femme de carrière en espérant le miracle d'un appel à la paternité. Moi, j'me rendais bien compte que ça la rongeait c't'histoire-là. Un jour, ça m'a échappé. J'lui demande : "Mais si tu y tiens tant à n'avoir un p'tit, pourquoi tu restes avec?" Parce que, me semble que c'est une chose de pas pouvoir faire d'enfant et une autre, de pas en vouloir. Elle me répond avec un de ces sourires que tu t'attends à quelque chose, en bas de la ceinture. Du tout! Mais pas loin... Elle m'dit : "C'est parce qu'y m'fait tellement de bons p'tits plats!" Clémence éclata d'un rire coquin destiné, de toute évidence à Labrosse, suspendu à ses lèvres. «Quelques années plus tard, y' finissent comme de raison par s'séparer. Le gars, c'pas long, y en rencontre une autre. Paf! A tombe enceinte. N'ont eu trois, coup sur coup! Pauvre Louise. Pas d'quoi faire un plat, me direz-vous...»

Labrosse, qui ne perdait rien du mouvement de son diamant, attrapa le plateau de truffes aux noisettes et au rhum qu'il soumit à son odorat. Clémence, d'un mouvement des mentons, l'invita à me le présenter. Je déclinai. Je regardais le feu, ses orangés, ses ocres. Les flammes qui sautaient. Il faisait bon. Les couleurs se mêlaient comme un coucher de soleil.

— Laurette, s'est écriée Clémence, pourquoi pleurer? Le temps des larmes reviendra bien assez tôt.

— On ne pleure pas un soir de Noël! s'indigna Labrosse d'un ton faussement bourru.

Mes larmes, dont je retrouvais le goût de sel, ont vite tourné en sanglots. Rien pour les arrêter. Au contraire, ils redoublaient. Clémence me rabroua : «Ça va pas, ça. Allons, allons, viens t'étendre. Là. Voilà.» Elle désignait le sofa art déco trois places dans lequel elle s'enfonçait. Je me suis allongée, la tête sur ses cuisses. Cherchant à se rendre utile, Eugène et Edgar s'agitaient comme la queue d'un même chien. Clémence se montrait philosophe : «Y' a rien qu'on puisse faire. Elle va pleurer ce qu'elle a à pleurer. Vas-y. Laisse-toi aller. Y' a pas de honte. Quand on pleure, y'a mille raisons à ça, et l'une, est le prétexte à l'autre.»

Edgar se réfugia au piano où ses doigts déformés effleurèrent les touches. Eugène l'y rejoignit. Labrosse déploya sur moi une housse blanche et prit place sur le divan entre le bras rigide en bois verni du meuble et celui, bien dodu, de Clémence.

J'ai dormi. La musique coulait, roulait en moi. Je percevais la voix d'Edgar qui parlait en pianotant.

— Parfois, la douleur m'oublie, jamais bien longtemps. J'aimerais pouvoir en faire autant.

— C'est pareil pour tout l'monde, fit valoir Eugène. T'as pas l'monopole de la souffrance.

— Y'a des vies qui ont un goût amer...intervint Labrosse.

— De la part d'un chef...

Je fis remarquer à Edgar que ce qu'il jouait était beau.

— C'est pour vous, Laurette.

— Et ça s'appelle comment?

— Ça pourrait s'appeler *Désert*, suggéra Edgar.

— Ah, bon. Pourquoi donc?

— Le désert de nos vies, je suppose.

— T'envisagerais pas un «dessert» à la place? plaisanta Clémence.

Le feu s'est éteint. Edgar a refermé le piano. Clémence a lancé un «Bon, ben... moi, j'vais m'coucher!» destiné, semblait-il, à réveiller les ardeurs de Thierry.

Au moment où nous escaladions les premières marches de l'escalier, Dufort qui s'affairait à mettre un peu d'ordre dans la pièce avec Labrosse, s'est enquis: «Aujourd'hui, c'était la veille ou le jour de Noël?»

*

Le lendemain, ou plus tard dans la journée, aussi frais qu'une salade de croûtons, réunis autour d'une table ronde, nous buvions, hagards, des Brésiliens à grandes lampées. Mes yeux restaient gonflés malgré la crème réparatrice appliquée généreusement du menton jusqu'au front.

— Tenez, belle enfant!

Edgar me faisait passer une paire de lunettes de soleil sous la table que j'ajustai sur mon nez. Elles étaient teintes en rose. Je voyais la vie en rose! Les boucles dressées comme des petits choux à la crème au sommet du crâne d'Edgar paraissaient roses elles aussi. J'ai dû fixer la postiche plus longtemps que nécessaire car Edgar a répliqué à mon regard comme

à une accusation : «Quoi ? Trop blond ? Trop court ? »
J'ai fait descendre les lunettes sous mon nez pour
mieux juger de la couleur. J'ai pincé les lèvres pour
cacher mon amusement : «Non, non. Seulement...
déconcertant ! »

— Ça frise le ridicule, grinça Eugène.

— Il ne tue pas, fit observer Clémence, écarlate
de bonne humeur.

— Dommage... déplora Eugène.

— Bon, un peu de sérieux ici ! tempéra Labrosse.
Laissons là ces... euh... futilités. Puisque nous voici
à l'aube d'une nouvelle année... si, si, une nouvelle
année... En cette veille du jour de l'An donc, croyez-
vous le chef capable d'affliger vos papilles gustatives
de, voyons voir... de foie gras frais en papillotes de
blettes ? D'un cocktail de coquillages aux légumes
primeurs et d'un rôti de veau au caviar ? Le tout
agréablement suivi d'une salade de l'Espérance, d'un
miroir écarlate aux petits fruits des champs et d'un
sorbet aux deux citrons ?

— Pourquoi pas ! s'enthousiasma Clémence que
j'ai aussitôt secondée.

— Ça pourrait convenir.

— Si t'insistes... céda Eugène.

— Trop blond, non ? exigeait de savoir Edgar en
proie au doute.

— Détrompez-vous, chers amis ! riposta Labrosse.
Voici ce qu'il a prévu pour vous, le Chef !

Pivotant vers l'arrière, Labrosse saisit un objet
de forme longue et étroite, à l'extrémité courbé,
possédant un air vaguement familier, qu'il brandit
pareil à un étendard de guerre. «De l'exercice ! »
annonça-t-il.

Le mouvement de panique mettait un temps infini à vouloir se dissiper. Puis, faisant contre mauvaise fortune bon cœur, chacun tenta de mettre la main sur la paire de skis correspondant à son gabarit. «Les habits de neige sont sur le portemanteau...», indiqua Labrosse qui enfilait une combinaison citron-fraise. Clémence râlait.

— On pourrait attendre d'avoir déjeuné... C'est vrai, à jeun, comme ça... pas très recommandé.

J'implorais Thierry à mon tour.

— Une petite croûte, Thierry!

Mais Labrosse se montra inflexible.

— Les mitaines, les gants, les foulards et les chapeaux se trouvent dans la boîte que voilà. Rien de tel qu'un peu de sport pour démarrer l'année en beauté!

— On n'est pas le 31? a regimbé Eugène dans l'espoir de faire basculer les plans de Labrosse. Il faut souligner le passage des ans...

Mais Labrosse se fit intraitable.

— On est le 1er.

— Mais y'a pas deux minutes...objecta Eugène.

Labrosse exhiba la paume de ses mains à la hauteur des épaules en signe d'impuissance.

— Ah! Ce temps qui passe... C'est bien là le drame.

En sortant par l'une des portes arrière, le froid nous saisit tel un malfaiteur. La neige pétrifiée craquait pareille à des lattes de bois. L'impression d'évoluer à l'intérieur d'un immense cube de glace ne s'atténua qu'au prix de quelques chutes.

À notre retour, aucune victime n'ayant été dénombrée, les joues aussi fraîches qu'un vacherin glacé aux fraises, notre randonnée fut qualifiée de «grand succès» par son initiateur qui nous pria de tout remettre en place.

— Comme ça, si l'envie nous reprend, on saura où trouver notre équipement! ironisa Clémence.

— Exactement, lueur de ma vie! Edgar, vous pouvez conserver ceci dit Labrosse en remettant à l'interpellé la toison d'or resté blottie sous son bonnet.

— Où donc ai-je la tête? se reprocha Edgar.

— Bonne question! s'exclama Eugène qui ajouta: «Le grand air, ça ouvre l'appétit, on dirait!»

— Tes grands airs, tu veux dire! répliqua Edgar.

— Au fait, s'enhardit Clémence, n'avait-il pas été question d'un petit buffet?

— Si, si. Un *petit* buffet, confirma Labrosse.

— Et, c'est prévu pour quand? ai-je cherché à savoir.

— Disons, le temps qu'il faut pour passer sous la douche, dit Labrosse.

— Un quart d'heure?

— Il risque pas un lavage de cerveau celui-là.

*

Moins de quatre-vingt-dix minutes plus tard, la bande se reformait dans le grand salon, ainsi nommé pour le distinguer de l'autre, où les activités à caractère plus sédentaires avaient repris leur cours.

Eugène Dufort, vissé au tabouret du piano, déchiffrait une partition sous la férule de Bourbon-de-l'Étoile qui ne tarissait pas d'éloges à l'égard du prodige : «Pas mal! Pas mal du tout!» Jouant les maîtres de cérémonie, il nous prit à partie.

— La recrue de l'année! Une main d'applaudissements, s'il vous plaît!

— La gauche ou la droite, demanda Clémence.

— Vous riez là, mais moi, c'est la première fois que j'touche à ça, s'est défendu Eugène. Remarquez, j'suis un manuel...

— Une vocation tardive! traduisit Clémence. Mais Eugène ne l'écoutait pas. Il parlait de sa passion nouvelle.

— Le pire, c'est que j'en rêve la nuit tellement j'aime ça!

— Aaaah! La passion...Grrrrrrrrrr! le nargua Clémence.

— Un peu de retenue s'il vous plaît! réclama Edgar. Puis s'adressant à son émule, il ajouta : «L'important Eugène, c'est le plaisir, le reste vient tout seul.»

Clémence et moi avons manifesté notre accord.

— Le plaisir! Ouiiiiiiiiiiii!

— Hou, hou!

— Pour moi, a entrepris de décrire Clémence, le plaisir évoque quelque chose comme... comme une déclinaison de porcelet rôti ou encore, un baluchon de porc à la mangue!

— Aïe, c'est cochon pas à peu près ça! intervint Eugène.

— Ha! La bonne chair! renchérit Labrosse que tous désespéraient de voir réapparaître. «Quand elle nous tient, celle-là...À propos...»

Dans une même apparente nonchalance, tous se levaient pour se diriger vers le buffet convoité. Mais alors que les ventres spéculaient sur le foie gras frais en papillotes de blettes et autres gourmandises énumérées plus tôt par le chef, la table dressée dans un coin de la cuisine ne semblait guère, à prime abord, remplir ses promesses.

— Régime santé oblige! a déclaré Labrosse. Voici donc quelques bouchées prévues *à cette fin*. Et j'ai nommé : olives marinées, céleri rémoulade (sans mayonnaise), trempette du potager, brochettes de crudités, salade aux trois haricots, asperges grillées et muffins anglais aux carottes...

Eugène a préféré croire à une plaisanterie.

— Arrête tes salades! ironisa Edgar.

— Impressionnant! ai-je dit.

— Et ça se boit avec quoi toute cette... végétation? a questionné Eugène.

— Pur jus, pardi! décréta Labrosse.

— Bien sûr! J'aurais dû y penser! C'est l'évidence même! ronchonna Eugène.

— Ici, a poursuivi Labrosse, en désignant un pichet du doigt, vous avez Le *Papaye et goyave*, là, Le *Parfum des îles*, celui-ci, Le *Petits fruits des champs* et celui-là, là-bas, Le *Carottes et pêches*. Reste Le *Mer du Sud*, à droite au fond, voilà et Le *Mangue poivré* juste à côté! Le tout sans alcool, bien entendu. Clémence a suggéré en grimaçant : «Et si on mélangeait le tout?»

*

117

Plus tard, de retour dans le salon, l'atmosphère était à la morosité. Chacun s'était réfugié dans un coin de son âme. Eugène, dont l'œil tressautait, examinait à la lumière du feu, une photo format passeport sortie de sa poche.

— Me semble que j'ai un p'tit creux. Pas toi ? m'a demandé Clémence au bout d'un moment.

— Je pense que j'vais aller au lit, fut ma réponse.

— Maintenant ? s'étonna Labrosse.

— Qui dort dîne, plaida Clémence. T'as mieux à proposer ?

*

Une fois à l'étage, j'ai parcouru le long couloir qui débouchait sur un petit escalier que je ne connaissais pas, très étroit, et qui jadis devait mener à une chambre de bonne. L'espace était si réduit que ni Clémence, Thierry ou encore Eugène n'auraient pu envisager le gravir de front. Je montai quelques marches. D'en bas, il semblait ne jamais devoir finir. Il n'y avait pas de rampe. Les murs servaient d'appui aux mains. Ils étaient froids. Le plafond était de plus en plus bas. Il fallait pencher la tête.

Je finis par atteindre le palier qui était une marche guère plus large que les autres. Une porte barrait le passage. J'avisai un loquet que j'ai soulevé. Je tournai la poignée de la porte. Je m'attendais à trouver une chambre que j'imaginais encombrée d'objets poussiéreux et de toiles d'araignée. Mais la porte s'ouvrait sur un autre palier et sur une autre porte qu'il fallait tirer vers soi comme une trappe. Ce que je fis.

Je me retrouvai dans la nuit, sur le toit du château qu'une bordée de neige avait recouvert d'une croûte épaisse et dure. Mes talons trouaient la neige rendue compacte. Le vent jouait avec les tissus légers de mes vêtements. Sans y prendre garde, je m'étais aventurée tout au bord de la toiture. Je me situais à la hauteur du ciel, nez à nez avec une lune tout en rondeur. J'ai regardé en bas sans éprouver de vertige. Je ne sentais pas le froid. J'allais m'élancer dans le vide et me briser. Mon sang tracerait les contours de mon corps. Puis, j'ai pris peur. J'ai pensé que Virgile avait peut-être choisi sa mort. J'aurais voulu n'avoir jamais conçu cette idée. Elle me faisait mal. Mais aussi bien tenter de s'arracher la peau. Elle faisait son chemin. Non, c'était impossible. Vigile avait écrit «Je suis pressé d'être heureux.» Il l'avait noté dans son carnet. Il croyait au bonheur. Mais peut-être était-il triste, triste à mourir. Je tombais. Ma tête se brisait. Ma bouche s'emplissait de sang.

*

— Laurette? Lau-rette?

Je sentais qu'on m'enveloppait. C'était doux. C'était chaud. Malgré tout, je grelottais de la tête aux pieds. Comment pouvait-on souffrir du froid dans la mort?

*

Quelqu'un marche au loin. Je comprends qu'il s'agit de moi. Je me vois de dos. Je marche. Les dalles du cimetière sont recouvertes d'herbes, de feuilles et de terre. Il me faut les écarter, les arracher. Des dates, des fragments de noms apparaissent. Mes doigts creusent la terre comme les dents des râteaux. Mes genoux se traînent d'une plaque à l'autre. Certaines sont entièrement gazonnées. Personne ne se soucie-t-il des morts ? La date n'est pas la bonne ! Il se trouve plus haut assurément. Mes mains grattent et griffent. *Virgile !* Il est là, devant moi, sous mes yeux. J'arrache l'herbe à pleines mains. Je nettoie la dalle de mes larmes, de ma joue, de ma bouche. Mon doigt suit le tracé de son nom : *Virgile Monge.*

À peine le temps de célébrer nos retrouvailles. Des bras puissants me tirent avec force vers l'arrière, loin de Virgile. Non ! No-on !

*

Un cri m'a réveillée. C'était le mien. J'étais étendue en travers de mon lit, vaincue, avec, en mémoire, une lutte perdue. Une robe de nuit à petites fleurs jaunes et à manches longues me remontait jusqu'à la taille où elle tirebouchonnait et exposait mes jambes nus. Il fallait défaire les boutons en forme de fleurs sur le devant pour pouvoir en sortir sans s'étrangler, ce que dans un premier temps, je n'avais pas eu la présence d'esprit de faire.

J'ai, à la hâte, enfilé un pull à col bénitier en mohair et un pantalon brodé de perles en cristal. Dans le corridor où je me suis précipitée, j'ai entendu Clémence m'appeler :

— Laurette ? C'est toi ? Laurette, hou-hou ?

— Clémence?

— Par ici, Laurette, rive gauche. Entre.

Ce qui surprenait dans cette pièce, aux proportions surnaturelles, était l'immense lit à baldaquin empanaché de la tête aux pieds de mousseline aux reflets de poussières d'or. Le reste du mobilier se composait d'un Récamier et d'une commode surmontée d'un miroir. Clémence allait et venait, avec l'impudence de ses rondeurs dévoilées par des dessous coquins brodés de pierres précieuses et de pampilles, entre les dentelles, les taffetas, les tulles, les lainages, les fourrures, les soies, qui s'entassaient autour d'elle. « Quand y'a trop d'choix, c'est pas mieux. T'es jamais sûr de faire le bon. Tiens, t'as mis des pantalons toi? Ça doit pas aller fort, fort. Bon, bien moi aussi dans c'cas-là. Ça va régler une partie du problème. »

Sa féminité comprimée dans un pantalon en lamé menthe poivrée et un haut assorti, Clémence étudiait son reflet tout en s'adressant à moi : « C'est pas facile pour personne. Essaie juste de t'accorder un peu d'bon temps. Pour ce qu'y en reste. » Comme si rien n'avait été dit, elle m'entoura de son bras pour m'entraîner hors de la chambre et me chuchota : « J'pense que Thierry manigance quelque chose... »

— Tu m'étonnes! ai-je répondu. Ce n'est pas dans ses habitudes!

— C'est quelqu'un de bien c'type-là... Pas mal bien, ajouta-t-elle avec un sourire entendu qui faisait briller les murs.

*

Dans le salon, Eugène Dufort étreignait sur son cœur le piano silencieux. Sur le canapé, Edgar Bourbon-de l'Étoile dormait enroulé sur lui-même telle une chenille sur sa tige, le visage à moitié dissimulé par une perruque safran bouclée comme les points d'un tricot.

— Charmant comme tableau! me suis-je exclamée.

Clémence haussa les épaules en signe d'impuissance : «Je te sers quelque chose? Martini? Porto? Kir? Dubonnet?»

La liste des boissons disponibles, pareille à une formule magique, ramenait d'un coup Eugène et Edgar à la vie.

— Apéro? demanda Edgar.

— Non, afro! lança Eugène.

— C'est ça, payez-vous ma tête!

La réponse d'Edgar se perdit dans un tintamarre de trémolos et de sons de guitare, à réveiller un ivrogne.

Ay, ay, ay, ay
Canta y no llores
Por que cantando
Se alegran, cielito lindo
Los corazones
Ay, ay, ay, ay

— Aïe, aïe, ayoye! parodia Eugène.

Labrosse joua quelques accords avant de proclamer : «Bling! Bling! Je déclare ce jour *Journée mexicaine!*»

— Ay, ay, ay! Piquant! minauda Clémence.

Eugène, qui revenait à lui, nous confia avoir appris une pièce inédite d'Edgar Bourbon-de l'Étoile.

— Alors là, Dufort, ça c'est fort! clama Clémence.

J'ai demandé à l'entendre.

— Et ma journée mexicaine? a protesté Labrosse.

— *Mañana!* Ha! Ha! s'esclaffa Clémence.

Labrosse faisait la tête: «Désopilant.»

Eugène fit claquer son index sur le pouce le majeur réunis pour signifier qu'il y avait de l'orage dans l'air. Il n'y a pas eu d'orage. Labrosse a croisé les bras sur sa poitrine. Clémence, s'est moulée à son dos. Eugène a bu une gorgée de gin, ou plutôt son gin en une gorgée, s'est raclé la gorge et, la tête penchée au-dessus du clavier, a ouvert et refermé trois fois ses dix doigts.

— C'est quoi, le programme de la soirée? questionna Labrosse.

Edgar le foudroya du regard.

Eugène se mit à caresser les touches qui se transformaient sous ses doigts en notes et les notes en une musique, jouant longtemps. Les mêmes notes revenaient souvent, obstinément. Elles se sont étreintes, puis éteintes.

Un silence empreint d'une vive émotion suivit sa performance. Labrosse essuyait une larme de son poing fermé. Edgar recueillait les siennes dans sa perruque rousse. Clémence les laissait couler et moi, je pleurais aussi. Eugène, bon prince, attendit l'ovation dont nous avons tout de même fini par le gratifier.

— Merci à Edgar, pour son dévouement...

— C'est à moi de te remercier Eugène... sanglota Edgar.

Après une touchante et interminable accolade, Dufort et Bourbon-de l'Étoile incitèrent Labrosse à remettre son sombrero, cerné de pompons rouges et noirs, et à reprendre son instrument à cordes. Mais Labrosse se faisait tirer l'oreille.

— Non, non. *Mañana*...

— Allons Thierry... minauda Clémence.

— J'peux juste pas. Après un tel exploit musical... C'est hors de question ! trancha Labrosse.

— Allons ! Thierry ! Thierry ?

— Il fait un blocage, estima Eugène.

— Ça va ! Ça va, quoi ! J'attends l'inspiration dit Labrosse.

— Bon ! Bien on r'passera ! s'est moqué Edgar.

— *Mañana !* lança Clémence.

Susceptible mais guère rancunier, Labrosse remit en place son large chapeau, l'enleva pour introduire la courroie de sa guitare, l'enfonça à nouveau sur sa tête avant de se lancer dans l'interprétation d'un autre classique mexicain :

— *Guantanamera, guajira guantanamera*...

— Ciel ! s'est horrifié Edgar.

— Ça consiste en quoi au juste, la gastronomie mexicaine ? questionna Clémence.

— *Guantanamera*...

— Des mets qui favorisent le transit intestinal, a prévenu Eugène.

— Guantanamera... Diiiiiiiinnnnng....

Je tendis l'oreille.

— Vous entendez pas comme un carillon de porte ? Écoutez...

Labrosse était furieux.

— Si c'est pour me clouer l'bec, c'est réussi!

— Diiiiiiiiinnnng, ding, dong! Ding, ding, dong!

— Mince! laissa-t-il échapper.

Tout le monde se précipita à la fenêtre dans l'espoir de distinguer, à travers les dentelles du rideau, le porche de l'entrée. L'examen n'apportant aucun indice valable, une certaine nervosité s'empara de nous.

— D'ici, on voit pas grand chose, fit observer Eugène. Clémence conseilla :

— On devrait peut-être pas rester plantés devant la f'nêtre!

Figés dans l'imminence d'une catastrophe, seuls les pompons du sombrero de Labrosse osaient défier le destin.

— J'les vois! s'est écrié Labrosse.

— Qui ça? demanda Edgar.

— Les deux, là! Merde! Qui ça peut bien être?

— Deux? Ça exclut l'facteur... releva Clémence.

— On dirait des inspecteurs, dis-je.

— La police? interrogea Dufort plus nerveux qu'il ne voulait le laisser paraître.

— À moins que... Labrosse se retint d'aller jusqu'au bout de sa pensée..

— Des témoins de Jéhovah! m'exclamai-je.

— Dieu soit loué! dit Edgar dans un soupir.

*

Les deux prophètes de malheur partis, nous nous sommes rejoué la scène désopilante à laquelle nous venions de participer. Labrosse donnait le ton : «Comme ça, vous êtes Témoins de Jéhovah?»

— De grâce, retirez vos manteaux. Gontran?
Gon... Vous voilà! Les manteaux de ces messieurs,
je vous prie! Et vous apporterez le thé au salon! a
ordonné Clémence à Edgar.

— Quel salon, Madame la Comtesse? s'enquit
ce dernier.

Clémence feignit l'exaspération.

— Le petit, bien évidemment. En aparté: « Quel
rustre!»

— Allez! venez, venez, insista Labrosse bien qu'ils
l'eussent suivi au bout du monde les yeux fermés.
«Par ici, ne vous laissez pas impressionner par ces
vulgaires imitations de maîtres!»

Clémence les pria de s'installer confortablement
dans le canapé d'inspiration égyptienne et de révéler
l'objet de leur visite.

— Hé bien! Madame la Comtesse, Monsieur
le Comte, nous sommes venus vous... a commencé
le premier.

— ...éclairer! a terminé l'autre.

Clémence adressa un clin d'œil à Labrosse.

— Nous éclairer! Vraiment? Ciel, comme c'est
aimable à vous, n'est-ce pas Henri-Victor?

— Vous êtes électricien, c'est ça? supposa
Labrosse tandis qu'Eugène jouait les hommes de
ménage et passait le plumeau sur le vernis étince-
lant des meubles.

— Vous n'y êtes pas du tout! le corrigea Clémence. Ces messieurs sont Témoins.

— De Jéhovah. Témoins de Jéhovah, précisa le
premier.

— L'un n'empêche pas l'autre! objecta Labrosse.

— Henri-Victor! lui reprocha Clémence.

— Monsieur le Comte a raison, en un sens, reprit l'homme.

— Ha! Vous voyez bien, Marie-Christine! jubilait Labrosse.

— Nous pouvons, expliqua le premier, vous éclairer sur la connaissance qui mène à...

— À la Vie éternelle! enchaîna le second dans une mécanique bien rodée.

— La Vie éternelle! s'émerveilla Clémence. Voyez-vous ça! Sucre? Lait? fit Edgar qui venait de déposer un plateau sur la table.

— Un sucre pas de lait, merci, fit le premier.

— Ni sucre, ni lait, répondit l'autre, accompagnant son refus d'une moue réprobatrice qui paraissait être son air habituel.

— Une tartelette aux fruits? proposa Clémence.

— Euh! Pourquoi pas! céda le premier.

— Pas pour moi, merci, résista le deuxième.

— Et vous, très cher? demanda Clémence à Labrosse qui avait décliné. Clémence se laissa tenter. Après une bouchée, qui lui procura une extase quasi mystique, elle parut se ressaisir.

— Huuuuummmmmm! Nous disions donc?

— La Vie Éternelle, mon cœur! lui rappela Labrosse.

— Ah! Oui, bien sûr. La Vie éternelle. Un petit doigt de Belle de Brillet Poire au cognac? demanda Clémence à la ronde.

Je retins à temps Edgar qui allait dire « *Volontiers* » et faire échouer notre mise en scène et, sur un signe de Clémence, j'apportai la précieuse bouteille.

— Merci Clémence! dit Clémence à mon intention, ce qui me fit perdre le peu d'assurance que je possédais dans mon rôle.

— Messieurs?

— Jamais d'alcool, merci, se sont-ils exclamés, horrifiés.

— Et comment s'y prend-on pour y accéder à cette Vie éternelle? a poursuivi Clémence en se versant à boire.

— Par Dieu! laissa tomber l'homme.

Labrosse attira vers lui la bouteille.

— Hum! fit Clémence, ce qui pouvait aussi bien traduire l'appréciation de sa liqueur.

— Si je puis me permettre, Madame la Comtesse, s'enhardit le premier Témoin... Qu'est-ce que la connaissance de Dieu signifie pour vous?

Clémence affecta de réfléchir à la question.

— Voyons voir... Comme c'est excitant! n'est-ce pas chéri? La connaissance de Dieu...

— C'est embêtant ça, comme question... Est-ce qu'on a droit à une première lettre? demanda Labrosse.

— Pfff! Ça ne vient pas... Je donne ma langue au chat! déclara Clémence, ce que Thierry parut trouver regrettable.

Les deux hommes sourirent et, avec un commun enthousiasme, ils s'écrièrent : «Le Paradis!»

— Le Paradis! Ça alors! s'est exclamée Clémence.

— Si je m'y attendais! ajouta Labrosse.

Eugène riait dans son plumeau.

— Et, ce Paradis, auquel vous faites référence,

il englobe quoi exactement? a demandé à savoir Clémence.

— Le jardin de l'Éden, Madame la Comtesse, révéla l'homme. Avec des arbres magnifiques, dont certains donnent des fruits délicieux, de l'eau limpide, aucune inquiétude, de l'amour, la santé et un travail agréable.

— Lequel, précisément? demanda Labrosse.

— S'occuper de la merveilleuse demeure paradisiaque qui vous est confiée, dévoila le premier Témoin.

— Oui, le Paradis sera rétabli! annonça son double.

Labrosse se façonnait une mine rayonnante.

— Ah oui? Vraiment? Il nous tarde, n'est-ce pas, Marie-Christine?

— Tout à fait Henri-Victor! renchérit Clémence.

*

À la fin de notre représentation, Clémence demanda :

— On passe à table?

— *Viva México!* cria Eugène.

Puis, à voix basse, il s'enquit : «Ça va aller Laurette?»

— N'empêche, qu'ils nous ont bien fait rigoler, fit remarquer Labrosse qui riait encore.

Eugène revint à la charge : «Tu aurais pu te tuer!» insista-t-il.

— Je ne sais pas si je dois te remercier, lui chuchotai-je à mon tour.

— Les pauvres! déplora Clémence.

— Pourquoi ça, les pauvres? interrogea Labrosse.

— Je sais pas. Le porte-à-porte, pas évident avec le froid et tout...fit valoir Clémence.

— Rien à voir avec s'occuper de la merveilleuse demeure paradisiaque... reconnut Eugène.

— ... qui vous est confiée! ajouta Edgar.

— Encore heureux qu'ils nous aient laissé de la littérature pour alimenter le feu! se réjouit Eugène.

— Médisants! protesta Clémence.

— Mais enfin, Clémence, raisonna Labrosse, ils ne sont pas à plaindre! C'est vrai quoi, eux au moins, ils ont la foi!

*

— Je suis Juif, déclara Edgar peu après.

— Et alors? s'impatienta Labrosse.

— Je disais ça comme ça, dit Edgar.

— Qu'est-ce qu'on en a à foutre? rugit Labrosse.

— Rien, admit Edgar.

— Et alors? Ça change quoi dans ma vie qu'il soit juif ou non, ce connard?

— C'est pas une raison pour s'énerver de la sorte! C'est pas sa faute, plaida Clémence.

— Je refuse de me laisser entraîner dans un tel débat, déclara Labrosse. Mais regardez-le, avec son air de chien battu.

— Moi? Un air de chien battu? se mortifia Edgar.

Labrosse s'emporta.

— Oui. Parfaitement. Un air de chien battu. Et j'vais te dire une chose de L'Étoile, tu sais c'que c'est qu'la religion? Attends, ne réponds pas. J'vais te le dire moi c'que c'est. C'est une invention pour monter les gens les uns contre les autres, voilà c'que c'est qu'la religion !

Edgar laissa pendre sa lèvre inférieure : « J'ai pas d'avis. J'suis pas un Français pour avoir un avis sur tout. D'ailleurs, c'est pas vrai que j'suis Juif. »

— Qu'est-ce qu'il nous enquiquine celui-là ! Pourquoi t'as dit que t'étais Juif si tu l'es pas ? Hein ? s'est énervé Labrosse.

— Pour la polémique, dit Edgar.

— La polémique ? tonna Labrosse. Voyez-vous ça !

— Y'a de l'alcool dans le vin *kasher* ? demanda Edgar.

*

Le temps passait comme s'il avait tout le temps au monde ou, au contraire, piqué par quelque mouche, s'emballait, s'emballait. Les festins se succédaient les uns aux autres, Eugène, avec le concours d'Edgar, perfectionnait son art ; Clémence envisageait une exposition.

— On pourrait mettre les toiles dans la salle à manger, suggéra Labrosse puisque c'est l'endroit où l'on passe le plus clair de notre temps. On contemplerait à souhait.

— Le salon n'est-il pas plus chaleureux ? a soulevé Edgar. Les toiles se regardent bien avec de la musique...

Clémence se montrait d'accord avec Labrosse.

— La salle à manger m'apparaît très chaleureuse aussi, avec tout ce qu'on y mange et tout ce qu'on y boit et qui réchauffe le cœur. Eugène et moi étions d'avis que la décision revenait à l'artiste. Eugène a cru bon mentionner que des tableaux ornaient déjà les murs de la pièce et qu'il faudrait les enlever et que, temps qu'à faire, il serait indiqué de tout retirer des murs et de les repeindre à blanc pour ne pas perturber l'harmonie des couleurs des toiles de Clémence.

Ce projet a semblé le réjouir puisqu'il proposait de s'y atteler dès à présent.

— Où on va trouver la peinture et le matériel pour retaper les murs? questionna Clémence.

— Au sous-sol, affirma Edgar pour lequel le château n'avait plus de secret.

— Qui se porte volontaire?

Tout le monde se découvrit un bout de peau à gratter. Eugène nous félicita pour notre esprit d'équipe.

*

Nous avons disposé les pots de peinture, les pinceaux, les rouleaux, l'escabeau et les housses blanches qui allaient servir à recouvrir le plancher et les meubles dans un coin de la salle à manger. Eugène s'est retroussé les manches et a dit qu'il fallait procéder au déshabillage des murs. Pour donner l'exemple, il s'est placé face à l'ancêtre, lequel lui a jeté un regard noir pour marquer sa désapprobation. Eugène le souleva pour le décrocher.

— Il ne doit pas être très enclin au changement celui-là, plaisanta Eugène qui appuya le cadre sur le buffet en s'excusant auprès de l'aïeul, lequel m'apparaissait, bien que reposant la tête en bas, de plus en plus familier. Se tournant vers nous, Eugène surpris lança : «Qu'est-ce que vous avez à m'regarder de travers? Vous voulez ma photo?»

Labrosse, encouragé par de subtils coups de coude de Clémence dans les côtes, toussota avant de prendre la parole : «C'est pas qu'on veuille pas faire notre part, mais y'a un truc sur le mur qui a attiré notre attention et qu'on aimerait voir tirer au clair.»

Ébahi, Eugène regarda le cadrage qui se découpait à la place du tableau qu'il venait de retirer.

— Ça peut pas être autre chose qu'un coffre-fort, a-t-il décrété.

— On fait quoi? se risqua Edgar.

— On l'ouvre! suggéra Clémence.

— Et comment? fis-je observer.

— Ça prend la combinaison, décréta Dufort.

— Ton avis là-dessus, l'expert?

— Ça s'pourrait pas que ce soit les mêmes chiffres que pour l'alarme?

— Bien évalué, Laurette. Je dirais, laissa entendre Eugène, que c'est en effet le 7051, mais inversé.

— C'est-à-dire le 1507?

— Bravo, Bourbon-Einstein!

— À votre avis, qu'est-ce qu'y a d'dans?

— Des bijoux! estima Clémence.

— Des lingots d'or! supposa Labrosse.

— Un cadavre réduit à l'état de squelette, murmura Edgar.

Eugène leva les yeux au ciel.

— Peut-être devrions-nous nous abstenir d'y toucher, ai-je tenté.

Mais Eugène actionnait déjà la roulette dans tous les sens : «Retenez votre souffle! Mesdames et Messieurs, les jeux sont faits!» Eugène ouvrit la porte à sa pleine grandeur.

— Ah! nous sommes-nous exclamés.

À l'intérieur du coffre étaient entassés des piles et des piles de papier.

— Des billets de banque! s'est exclamée Clémence qui en avait vu de toutes les couleurs.

— Putain! Mais y'en a à la tonne, hurla Labrosse.

— ...jamais vu autant, dit Eugène.

Edgar confectionna un bouquet qu'il porta à son nez.

— L'argent a une odeur!

— On fait quoi avec tout c'fric? questionna Labrosse, perplexe.

— On le divise en parts égales.

— Y'en a trop!

— L'argent n'est pas un problème. C'est le manque d'argent qui en est un! rétorqua Dufort.

— On peut toujours prendre le temps de réfléchir, ai-je suggéré. On n'a rien à payer dans l'immédiat.

— Tout se paie, rectifia Edgar.

— Edgar nous abandonne sa part, ai-je dit.

— En attendant, on remet le pognon en place, on prépare la salle pour l'exposition et on avise en temps et lieu, c'est-à-dire bientôt puisque le temps passe vite quand on est heureux.

À contrecœur mais l'âme aussi légère qu'un feuilleté, nous avons remis les billets dans le coffre et quelques-uns dans nos poches et nos soutiens-gorge. Eugène referma la porte et brouilla la combinaison après quoi, il s'affaira à distribuer les outils de travail.

Nous nous sommes mis à l'œuvre jusqu'aux petites heures du matin.

*

À mon réveil, une enveloppe lilas se découpait sur le tapis. On avait dû la glisser sous la porte. Il devait s'agir de l'exposition de Clémence. Je me remis au lit pour l'ouvrir.

INVITATION SPÉCIALE

Mesdames et Messieurs
Vous êtes cordialement invités
Au vernissage
De Clémence Pino
Au second salon du Manoir Montplaisir
Aujourd'hui même à 17 h 00
Une collation orientale est prévue

Une collation orientale… Me prêtant au jeu, je procédai à l'essayage d'une robe longue, ultra légère, à col mao, ouverte en décolleté sur ma poitrine remodelée par les excès des dernières semaines, et qui mettait en valeur les dragons, brodés de fils d'argent et de pierres brillantes, du corsage. Présentable, à défaut d'être belle! Non, presque belle. Presque. Belle? Qu'est-ce que c'est? Rien. Sans amour? Rien.

*

J'ai mis la robe de côté et j'ai enfilé mon peignoir. Je consacrai une partie de l'après-midi à des soins de beauté dont je découvrais les bienfaits. Mes nouveaux ongles rendaient plus laborieuse la manipulation des objets. Je procédai au maquillage. D'abord fond de teint nacre de coquillage. Ensuite, allongement de l'œil, à l'aide d'un khôl noir, puis sublimation de la lèvre supérieure par l'application d'un rouge myrtille. Il me restait à trouver un stratagème pour que mes cheveux répondent aux critères orientaux. «Edgar!» J'ai glissé mes pieds, aux ongles soigneusement vernis d'un rouge myrtille, le même il allait de soi que ma bouche, dans une paire de mules à talons hauts qui imprimaient à ma silhouette quelques centimètres de plus. J'ai quitté mon peignoir pour ma robe à col Mao.

La chambre d'Edgar ne s'avérait nullement être le fouillis auquel je m'attendais. Nichée sous une voûte de pierres médiévales, elle renfermait une ambiance de mystère et de volupté : lumières tamisées, traînées de fumée d'encens et de chandelles, poutres apparentes en bois, fougères échevelées, fontaine frémissante, lit recouvert d'un piqué blanc d'œuf.

— Edgar? Eeed-gar?

N'osant m'attarder davantage dans l'intimité du violoncelliste déchu, je passai rapidement en revue les perruques et les postiches ajustées sur les têtes souriantes posées sur les tablettes du meuble vitrine. J'ai rapidement repéré celle qui allait pallier mes insuffisances capillaires : une perruque noire, coiffée au carré, agrémentée de fines fleurs montées sur broches. Dans le miroir, apparut une créature vaguement exotique. Je lui adressai un salut timide auquel elle a réagi par un éclat de rire. Puis soudain, les feux de la rampe : sous le crépitement des flashs, la voilà qui pose en star, plaquant ses mains aux genoux, derrière la tête, esquissant des mous sans équivoques, sous le regard avide des objectifs dès *paparazzis*. Des mains se tendaient, des autographes étaient signés.

Mon heure de gloire ainsi consommée, je me pressai pour me rendre à la fête. Des odeurs de gingembre frais haché, de coriandre, de safran, de poudre de cari, de piment de Cayenne, d'ail écrasé et d'autres indéchiffrables, venaient à ma rencontre. Je les suivais pas à pas. Clémence, au beau milieu de la salle à manger, se débattait avec un fantôme.

— Tu as besoin d'un coup de main?

— Qu'est-ce que tu fiches ici, toi? Allez, ouste, au salon!

*

Le salon avait pris des couleurs. Les hommes avaient revêtu de larges tuniques multicolores portées sur des pantalons bouffants. Edgar paradait avec une ceinture noire de judoka deux fois trop grande pour lui et une longue tresse qui s'indignait en tous sens. Labrosse assurait le service.

— Saké?

— Saké! ai-je accepté.

Labrosse a louché sur ma tenue.

— On vous a d'jà dit que vous étiez ravissante en geisha?

— Tu t'mélanges les pinceaux, Labrosse. «Geisha», c'est japonais, ça! Pas chinois! Les geishas portent des kimonos, pas des cols Mao. Ça te dit quelque chose, ça, Mao? le défia Dufort.

Labrosse récita :

— Mao Zedong. Homme d'état chinois 1893–1976. Fondateur du P.C.C. Clémence, elle est où?

— Me voilà! *Sushi*?

Edgar a hésité. Clémence apporta quelques nuances.

— *Nigiri-sushi* au thon, *nori maki* au concombre, *nigiri-sushi* au saumon.

— *Saushishuki*, je vous prie.

— Concombre! réclama Eugène qui semblait vouloir transmettre un message à Edgar.

Labrosse a levé le dé à coudre contenant le saké.

— À notre Frida Khalo!

Émue, Clémence croisa les mains sur son cou comme pour l'étrangler.

— Merci. Merci beaucoup.

— Messieurs dames! poursuivit Labrosse, afin de joindre l'agréable à l'agréable, une expo-collation vous est gracieusement offerte à la Galerie Pino-Labrosse où se déroule le vernissage de notre célèbre artiste.

Clémence arborait un peignoir en soie, truite saumonée, ainsi que des ongles canard laqué. Ses cheveux, rassemblés en un chignon traversé de baguettes de riz, avaient l'aspect d'une pelote de laine. L'exposition comptait cinq toiles. Enchantés, nous avons visité chacun des tableaux pour nous arrêter devant la pièce de résistance, celle qui dissimulait le coffre-fort bourré d'argent. À l'aide d'un manche à balai, Clémence dégagea le tissu blanc qui la recouvrait et qui reprenait son apparence de fantôme.

— Ce qu'elle a du talent la petite ! s'extasia Labrosse.

— Je connais pas grand-chose à l'art, mais j'trouve ça... magnifique. Vraiment.

— Difficile de r'garder ailleurs, souffla Eugène.

— Impossible, trancha Labrosse.

Même l'ancêtre délogé ne pouvait, dans son humiliante posture, qu'admirer l'œuvre de Pino. Face à mon rêve, j'interrogeais la toile des yeux avant de m'enquérir.

— Ça porte un nom ?

Clémence a posé sa main sur mon épaule. Nous avons regardé la toile comme l'on découvre un nouveau paysage, sans impatience, captivés.

— *La Chute*. Ça s'appelle *La Chute*.

J'ai écouté la toile de Clémence. Elle me parlait de Virgile. De sa danse dans le bleu du ciel au moment où il perdait pied. Mes sens percevaient, à travers les coups de pinceau, deux formes entrelacées. La sienne pouvait-on croire et celle d'une femme, ronde et nue. La force de l'évocation me remuait tout entière. La toile de Clémence me disait que Virgile dansait. Je ne savais si j'étais triste, émue ou soulagée. Le sourire aux lèvres, Virgile dansait. Les bras de Clémence se sont refermés sur moi. Je voulais pleurer. Pleurer toutes les larmes de mon corps jusqu'à la dernière. Me retirer en douce par assèchement, pareille à l'Aral. Mais Clémence m'a gentiment repoussée.

— Pas de sentimentalisme, à table !

*

— Sans ustensile, on fait comment? voulut savoir Edgar.

— Utilise ta tête! rigola Eugène qui était bien le seul.

— On se sert de baguettes, Edgar. Regardez, comme ceci.

*

— Ça fait juste cinq heures qu'on est à table! a ronchonné Edgar.

— C'est forcément plus long sans fourchette, lui ai-je concédé.

— Dans l'fond, tout c'que ça d'mande, c'est un peu d'entraînement, fit valoir Eugène.

— Comme toutes choses! laissa tomber Clémence qui avait habilement subtilisé la fourchette de son chignon pour réunir les grains de riz au fond de son bol.

— Surtout pour la soupe... fit remarquer Edgar.

— ...miso au tofu à la wakamé, précisa Labrosse.

— C'est quoi les lamelles? ai-je demandé à savoir.

— Il s'agit, très chère dame, de gingembre confit, m'informa le chef.

— Ce qu'il y a de bon avec cette cuisine-là, commença Clémence, c'est qu' c'est moins bourratif... Prends un ragoût de pattes de cochon aux boulettes, par exemple...

— Autrement dit, résuma Eugène, tu peux t'empiffrer tant qu'tu veux sans te sentir trop lourde, trop vite!

— Pauv' toi. Même si j'voulais m'sentir moins lourde...

Après le repas, qui se prolongea jusqu'aux petites heures du matin et qui a vu tout l'Orient défiler dans nos assiettes, Clémence réclama des guimauves.

— Ça va pas, non? s'est inquiété Labrosse.

— Une envie irrépressible, s'est excusée Clémence.

— J'vais voir si y'en a, s'est offert Edgar.

— Fais-moi rire! Comme si y'avait pas, ici d'dans, de tout pour tous vingt-quatre heures sur vingt-quatre et sept jours sur sept!

— Qu'est-ce qui pourrait bien venir à nous manquer?

— Du papier! dit Eugène. Pas de feu sans papier!

— Du papier? Tu te fous d'ma gueule? Y'en a plein l'coffre!

*

— Pas trop dégueulasse, ce truc! commenta Labrosse.

Dans la cheminée, les guimauves s'enflammaient, se recouvrant rapidement de cloques noirâtres.

— C'est curieux comme l'appétit r'vient vite, observa Eugène. T'es sûr de plus pouvoir avaler quoi qu'ce soit, t'es au bord de l'explosion et puis, miracle…

— C'est comme le malheur, commenta Clémence. On pense que l'pire est derrière jusqu'à temps que, bang!, une nouvelle tuile nous tombe dessus. Le malheur, ç'a pas d'fond!

Au moment de nous séparer pour la nuit, ou plutôt ce qui en restait, Labrosse s'est attardé, mains dans les poches, face à la baie vitrée qui se couvrait de buée à chacune de ses expirations. Je suis allée le trouver.

— Vous l'attendez toujours?

— Peux pas faire autrement mon petit...

— Vous avez essayé de faire une croix dessus?

— Si c'était si simple Laurette, nos vies ne s'raient plus qu'des cim'tières.

*

Plus tard dans la semaine, tout le monde se voyait convoqué à la cuisine où un menu québécois devait être mis au point, pour le soir même, avec la collaboration de tous. Ainsi en avait décidé le chef qui avait dressé des fiches : fèves au lard à la perdrix, civet de lièvre algonquin, gigue de chevreuil aux bleuets, tarte croustillante à la rhubarbe, soupe aux pois à l'ancienne, salade à la vinaigrette de bleuets, tourtière du Saguenay-Lac-Saint-Jean, saumon grillé et carrés de sucre à la crème.

— Alors, rugit Labrosse, que pensez-vous être en mesure de vous farcir?

*

Le premier incident se produisit dans les minutes suivant le début des opérations lorsque le sac de farine se déroba des mains d'Edgar pour se renverser presque intégralement sur Clémence et Eugène.

— Méchante avalanche! a pouffé Clémence.

— T'en fais pas Edgar, c'est d'notre faute. On n'a pas pensé mettre nos habits d'neige, s'est moqué Eugène.

— Inutile d'en rajouter! a maugréé Edgar qui fut également à l'origine du deuxième incident lorsqu'il fit tourner autour de son poing l'abaisse si vigoureusement qu'elle tournoya jusqu'au plafond où elle est resta collée.

Labrosse avait repris en mains le sauvetage de la pâte.

— Allez mon coco, on se refait la boule à zéro! On abaisse la pâte avec un rouleau à pâtisserie sur une épaisseur de 5 mm. Le cercle doit faire 28 cm de diamètre. Voilà! Excellent. On l'étale dans la rôtissoire, hop là! Et on pique avec une fourchette. On préchauffe le four. C'est quoi, c'truc nauséabond?

— La garniture, admit Edgar.

— Ah! Et qu'est-ce qu'il a foutu là-d'dans? s'écria Labrosse.

— Lièvre, poulet, porc, lard, oignon...énuméra Edgar, piteux.

— Ça va, ça va, l'interrompit Labrosse. Déposez-moi ça là-d'dans, ajoutez les pommes de terre (on avait dit «En dés, Edgar, pas en purée!») et recouvrez-le d'une abaisse. Pratiquez une petite incision au centre pour permettre à la vapeur de s'échapper. Petite, l'incision Edgar! Pas une balafre, nom de... Mes bleuets! Ça alors! Se sont volatilisés!

— C'est-à-dire... bafouilla Clémence.

— ... on en a mis quelques-uns dans la salade, laissa tomber Eugène.

— Quelques-uns ? Quelques-uns ? glapit Labrosse. Y'en a bien un casseau là-d'dans ! Je vous prie de m'en réchapper la moitié pour ma gigue ! Et qu'ça saute !

— Tout d'suite, chef ! obtempéra Eugène.

— N'empêche que s'il était pas là, l'chef... ronchonna Labrosse.

— Ah, ça ! approuva Clémence.

— Qui pourrait m'relayer deux minutes pour brasser le sucre à la crème ? ai-je demandé.

— Aussi bien dire pour faire le travail ! éclata Labrosse. Et si vous alliez prendre un peu d'air ?

Brusquement, tour à tour, nous adoptions une expression terrifiée que Labrosse attribua, à tort, à ses propos.

— Mais, enfin, faut pas vous décourager pour si p...

Eugène a plaqué une main sur la bouche de Labrosse.

— Écoute, écoute !

— C'est quoi c'bordel, bordel ! a demandé Labrosse, la bouche écrasée par la main d'Eugène.

— Ouille ! Ça m'a l'air grave... gémit Edgar.

Prestement et à tout hasard, Dufort s'empara d'un couteau à désosser. Déboulant, dans la seconde, deux individus costumés de noir, munis de lampes de poche et de sacs de jute, nous dévisageaient avec une hébétude qui s'imprimait sur le fin nylon de leur cagoule.

Dufort pointa vers eux le couteau à désosser tout en empoignant, de sa main libre, le couteau à jambon. Labrosse saisit la poire à jus et Clémence brandit la menace de deux fourchettes à découper. Pendant que, déstabilisés par notre arsenal, les complices échangeaient un coup d'œil affolé, je fis glisser la boîte d'œufs vers moi et un œuf dans chaque main. Il régnait dans la pièce une tension de combat de boxe avant le premier coup. Les malfaiteurs tremblaient de tous leurs membres et claquaient des dents. Puis, inexplicablement, l'attention générale se dirigea vers Edgar qui avait enroulé sa fiche-recette pour en faire une paille et traçait de longs sillons de farine blanche comme s'il s'apprêtait à les inhaler. L'abaisse se décolla du plafond pour aller se planter sur son crâne exceptionnellement chauve. La pâte sembla couler, le long de sa tête, pareille à de la cire sur une chandelle. Le fou rire nous a gagnés. À bout de nerfs, les escrocs se sont effondrés.

— On pensait pas qu'vous seriez là !

— On s'excuse !

— C'est ça, vous r'viendrez quand on n'y sera pas !

— Foutez-moi l'camp d'ici, espèce de parasites !

Une poursuite s'est engagée à travers les dédales du château jusqu'à ce que les intrus avisent une porte de sortie. Les injures fusaient de toutes parts.

— Plaies de l'humanité !

— Bandits !

— Ch'napans !

— Vauriens !

— Qu'on vous y r'prenne ! Ça va chauffer, c'est moi qui vous l'dis ! De la part d'un chef-cuisinier, ça craint !

— Bon, j'pense que ça va faire ! Sont déjà loin.

— Non mais, ça prends-tu du front tout l'tour d'la tête !

— ...respectent rien.

— En plein jour à part ça ! Quelle heure peut-il bien être ?

*

Dans le grand salon, l'heure était à l'apéro. Au piano, Edgar et Dufort entamaient leur second *tournevis,* tout en poursuivant l'étude d'une nouvelle composition de *Van* de l'Étoile. Clémence, entre deux coups de pinceaux, se désaltérait à la tequila *Lever de soleil.*

J'observais, avec un certain attendrissement, les gestes devenus familiers de mes compagnons, en sirotant un *Marie sanglant*, un livre sur les genoux. Ma main gauche, aux ongles poivre rose, caressait la reliure rigide et glacée du livre. Mes pensées s'entrechoquaient. Virgile. Hanna. Yvonne. Gustave. Virgile. Clémence. Constance. Rapa Nui. Sagesse. Pauline. Virgile. Eugène. Virgile. Edgar. Thierry. Virgile. Virgile. Dire «À ce soir !» sans savoir que ce soir n'existe pas. Sans savoir que tout va s'arrêter dans les heures qui suivent. Tout.

— Laurette ? Laurette ?

C'était la voix de Clémence : «Tiens, prends. J'ai pensé que ça pourrait t'être utile.»

Clémence, dont le regard perçait le mien jusqu'au nerf optique, me présentait un cahier à spirales et un stylobille. Le cahier contenait des pages blanches. Clémence me tourna le dos. J'attendis une explication qui ne venait pas ou qui allait venir de moi.

J'ai joué avec le bouton-pressoir du stylo. J'ai pensé écrire cent fois Virgile. J'ai aussi pensé écrire «Je suis pressée d'être heureuse». Je me suis ressaisie. J'ai inscrit mon nom *Laurette Chardonnet* ; l'angoisse de la page blanche disparut. La musique de Dufort me dictait les mots. Quand, plus tard Labrosse vint se joindre à nous pour un rhum-coca, j'avais déjà griffonné quelques lignes d'une écriture qui s'apparentait davantage à des figures de notes sur une portée. Il régnait dans la pièce un calme apaisant.

*

J'ai laissé mon cahier sur le fauteuil avec les mots que j'avais mis sur la musique d'Edgar, le temps de passer à table.

*

La nuit était agitée comme une barque en haute mer. Un repas trop riche, une musique qui cherche ses mots. Des mots qui se cherchent une musique. Au milieu de l'après-midi, sur l'arbre qui étirait les bras jusqu'à ma fenêtre, j'aperçus des oiseaux qui sautaient d'une branche à l'autre, comme en réponse à l'appel de leur nom. Le printemps. La fête des oiseaux. La neige laissait derrière elle des rigoles. Debout à ma fenêtre, j'observais accablée le printemps installer son paysage. Et j'ai pleuré pour couvrir sa voix.

CINQUIÈME PARTIE

CONSTERNÉS par le redoux annonciateur de notre départ prochain, les fourchettes chipotaient dans les casseroles d'œufs.

— C'est pas mêlant, relatait Clémence, y' avait une bibitte longue de même dans la baignoire. J'ai failli poser le pied dessus. Ouach! J'ai lâché un cri d'mort, mais personne m'a entendue. J'ai ouvert les robinets sauf qu'elle avait l'air de savoir nager...

La sonnerie du téléphone qui ne désemparait pas, nous fit sursauter les uns après les autres ajoutant à notre vague à l'âme.

— Vont revenir bientôt, tu penses? a demandé Eugène qui se doutait bien que poser la question revenait à y répondre.

— Je ne le pense pas. J'en suis sûr.

— Te l'ont fait savoir? s'accrocha Eugène.

— Forcément! J'ai des responsabilités, moi!

Eugène fit part de sa déception.

— Merde.

— On devait s'y attendre, rappela Labrosse, rien n'est éternel, sauf la connerie, mais ça...

Edgar ne l'entendait pas de cette oreille.

— C'est pas du jeu. On vient à peine d'arriver Labrosse!

Dufort se leva de table pour aller se poster devant l'horloge Charles X à colonnes qu'il examina comme un médecin son patient. Il sortit son couteau et, tournant le dos aux spectateurs, en un tour de main, la démonta : « C'est fait, annonça-t-il au bout de quelques minutes. J'ai arrêté le temps. »

*

Prenant exemple sur Dufort, Clémence arracha de la prise, le fil du téléphone. Labrosse sourit, d'un sourire très large qui affectait son élocution. Aussi dut-il répéter plusieurs fois ce qu'il avait à dire sans réussir à aller jusqu'au bout : « J'ai une nouvelle à vous transmettre. Une bonne, je le précise. Afin de terminer nos vacances en beauté, Clémence et moi... Clé... Putain, du coup... j'y arrive pas. »

— Thierry et moi avons pensé organiser un...

— Un concours de beauté !

— Faut dire que toutes les chances sont de ton côté !

— On peut laisser parler Clémence, s'il-vous-plaît !

— Merci, petite. Voilà, Thierry et moi avons pensé organiser un.... *Repas de noces* !

— Bien sûr, quoi de plus... naturel.

— Un ?

— Si, si !

— Et, peut-on savoir qui se marie ?

— On fait gaffe Edgar, on a pris soin de préciser « repas de noces », pas mariage.

— Nuance...

— En fait, c'est symbolique tout ça, voyez ?

152

— Et ça symbolise quoi, un repas de noce ?

— D'après toi, lança Dufort à de l'Étoile ? J'étais abasourdie.

— Thierry et Clémence ! Ça alors !

— C'est si... Edgar réfléchit un moment avant de laisser tomber «Inattendu!».

— Félicitations !

*

Dans un fracas de chaises renversées, nous nous sommes livrés à des embrassades en essuyant une larme.

— Pour éviter que des trouble-fête contrecarrent nos plans, nous avons pensé procéder... aujourd'hui même !

— Aujourd'hui ?

— Doux Jésus !

*

Mes doigts ont palpé les différents tissus des créatures qui patientaient en coulisses en attendant leur entrée en scène. Une noce ! Pas simple... pas simple du tout. Rien de trop extravagant, ni ultra-sexy, pas de découpe audacieuse, ni noir, ni blanc, ni trop voyant, pas de transparence... Hum ! Mes doigts ont hésité, se sont attardés sur la tulle de soie chair brodée de miroirs patinés à la vénitienne et de paillettes transparentes, Kiki Feraud. Tant pis pour les bonnes dispositions ! J'allais être extravagante, ultra-sexy et audacieuse. Seule la couleur satisfaisait aux normes.

Au moment de m'engager dans l'escalier, je constatai qu'il avait été recouvert d'un long voile écru saupoudré de poudre d'or. Beau à couper le souffle !

Toutes les chandelles et les encens avaient été allumés, et les lumières, éteintes.

Dans le deuxième salon, les invités sablant le champagne, disparaissaient sous un nuage de ballons blancs. Des centaines de serpentins, tout aussi blancs, se déroulaient du haut du plafond pour venir chatouiller les oreilles et les nuques.

À vingt heures précises, Dufort entama, d'un doigté énergique, une marche nuptiale. Toute l'assistance s'est précipitée au bas de l'escalier duquel, radieux, les heureux élus, comme sous l'effet d'une aspiration, semblaient glisser. Labrosse, en proie à une vive émotion, tenait contre son cœur affolé, la main satinée de blanc et brodée de fleurs de Clémence, dont le diamant, derrière la fine broderie de sa voilette, irradiait. De sa main libre, elle s'employa à nous saluer, pareille à une reine à l'endroit de ses sujets.

— On se croirait au paradis, fit observer Edgar.

Dans l'exaltation du moment Edgar lança autour de lui des poignées de grains de riz qui atteignirent Thierry en plein visage.

— Pas fameux, la cuisson !

Dès l'apparition du couple au salon, Dufort se mit à improviser une valse quelque peu jazzée. Clémence, emportée par Labrosse, tournoyait avec les ballons blancs qui semblaient adhérer au bas de sa robe, à volants étagés. Dufort, dominé par sa musique, enchaîna avec sa nouvelle pièce *Bien sûr* à

154

laquelle il avait joint mes mots. Les applaudissements soutenus des invités incitaient les amoureux à rapprocher leurs lèvres dans un baiser. Au même moment, d'innombrables pétales de roses châtaigne d'eau se sont mis à neiger sur nos têtes.

— Que c'est beau!

— Beau? Edgar! Les mots parlent mais...

— Ne disent rien. Je sais, je sais. N'empêche... N'empêche qu'ils nous bercent!

— D'illusions, tu veux dire!

— C'est pas les mots qui disent rien. C'est qu'y a personne pour les écouter.

— Les mots de Laurette sonnent comme des vérités.

— Alors, c'est qu'ils frappent.

*

— J'aimerais que ça n'arrête jamais.

— T'es pas la seule.

— Y' a toujours un avant et un après.

— Ah non, les filles! On ne va pas commencer à broyer du noir en pleines noces! Ça ne se fait pas!

Dans la salle à dîner, une tempête avait balayé la nappe et les couverts, le plancher, le buffet, jusqu'à *La Chute* de Pino et l'ancêtre, toujours relégué dans son coin.

— C'est des confettis, ça, ou des flocons de neige?

— C'est c'que tu veux.

— Des plumes d'ange!

S'étant frayé un chemin jusqu'à la table, chacun récupéra sa place, devenue familière. Sollicités de toute part par l'appel de nos cuillères teintant gaiement sur le cristal – ting! ting! ting! – un long baiser, tradition à laquelle on ne peut, sans offusquer ses invités, se soustraire – était de nouveau, échangé.

— Chers amis...

— Bravo!

— Félicitations!

— Merci. Merci, vraiment. Chers amis...

— Bravo!

— Félicitations!

— Ting! ting ting!

— Quel discours!

— Épatant!

— Digne d'un grand chef!

— Bravo!

Labrosse ayant obtenu un petit congé pour l'occasion, le service se vit assuré par Dufort qui s'était d'emblée adressé aux témoins et amis réunis.

— Mesdames et messieurs, très chers noceurs, je tiens avant tout à préciser que *tous* les plats qui vous seront, ce soir, servis ont été élaborés par Thierry Labrosse lui-même, chef incontesté. Par conséquent, s'il y avait des plaintes à formuler...

— Des plaintes? Ça va pas non? On aura tout entendu... Des plaintes! J'aimerais bien voir ça...

— Tut! Tut!

— Ting, ting! ting!

— Dans l'éventualité où tout se déroulerait sans anicroche, vous devriez vous attendre à un menu disons... peu conventionnel. C'est-à-dire : asperges en gelée, goujonnettes de merlan en sauce safranée, coussin de ris de veau aux morilles, salade de girofles et béatilles de volaille, mousse abricotée au sabayon d'érable et pour couronner le tout... Thierry?

— Un Paris-Montréal!

— Im-pres-sion-nant!

— Comme ça va me manquer, tout ça!

— À qui le dites-vous, ma chère!

— C'est là que les souvenirs acquièrent une certaine importance.

— Les asperges, ça vient?

— À cette époque de l'année, elles poussent moins vite.

— Sont pas en gelée?

— Edgar?

— Qu'est-ce qu'il a?

— C'est peut-être les asperges.

— Quoi, les asperges?

— Je sais pas moi. Y'a de ces choses en apparence insignifiantes qui ravivent des souvenirs... Mais enfin de l'Étoile, il s'agit d'un repas d'noces tout d'même. Allons, un p'tit effort! Dites-moi plutôt c'que vous pensez de ces goujonnettes de merlan?

— En tous cas, grâce à Thierry, on aura connu un peu d'bon temps.

— Y a des moments dans la vie où il faut prendre les bouchées doubles. Bon, on le mange, ce coussin? Garçon?

— Garçon, garçon... Il a qu'une paire de mains votre garçon! et j'vous frais remarquer qu'on n'est pas au resto du coin. On savoure, s'il vous plaît!

— À Jeanne et Thierry! Pardon, Clémence et Thierry!

— Tous nos vœux!

— Clémence, Jeanne, qu'importe! Je les aime toutes! Vous ai-je dit à quel point elles sont belles ce soir, sous leurs dentelles?

— Thierry! Voyez comme il me fait rougir!

— Vive la mariée! On peut dire «mariée» ou pas?

— Gling! Gling!

— Dring! Dring!

— Le téléphone!

— Maudite invention maudite.

— J'avais tiré l'fil!

— Y' a autant d'appareils que d'oreilles, si c'n'est davantage. M'a tout l'air qu'i vont rappliquer bientôt. D'habitude, c'est moi qui appelle pour le compte-rendu de la semaine. Je les tiens informés des travaux en cours, de ceux qui ont été accomplis. Je ne sais pas moi, la peinture, le nettoyage des tapis, le lavage des vitres, le polissage des lustres... l'ordinaire, quoi!

— Dring! Dring!

— T'as fait faire des travaux?

— En fait, j'ai pas trouvé l'temps.

— On se demande pourquoi!

— Dring!

— Pourquoi tu réponds pas?

— Le plaisir est une mayonnaise. Un rien suffit à le gâcher.

— Ce n'est pas le temps qui passe, c'est nous qui passons. Nous ne faisons que passer.

— Edgar, que diable, ressaisissez-vous!

— De toute façon, l'humain n'est pas fait pour vivre en société... une loi de la nature... tôt ou tard, les choses viennent à dégénérer... si ça peut vous consoler. Ça vous console?

— …

— J'ai mis du champagne au frais. Dans le congélo, en bas.

— J'y vais.

— Permettez, Laurette, que je vous accompagne? proposa Edgar qui s'était levé de table et avait séché son visage ruisselant de pleurs dans sa serviette de table.

— Ces bouteilles, depuis quand sont-elles au frais?

*

Edgar qui connaissait la maison comme le fond de sa poche, me précéda. Tandis qu'il sortait les bouteilles du congélateur, je fis un petit tour d'inspection. La cave paraissait inachevée, inquiétante. J'admirais la bravoure d'Edgar qui s'était aventuré seul en ce lieu sans doute peuplé de fantômes.

Le plafond était bas et traversé de tuyaux. Des boîtes de carton semblaient servir de mobilier. Je m'assis du bout des fesses sur l'une d'elles pour ajuster mon bas. Le rabat s'enfonça et je glissai au fond de la caisse. Edgar se déchargea des bouteilles pour venir à ma rescousse. Il tira sur mes poignets avec une telle conviction que je me retrouvai dans ses bras. La boîte se renversa. Une casquette apparut sur le sol. Par jeu, je la mis sur la tête d'Edgar qui portait ce jour-là une perruque du même noir de jais que sa fausse moustache. Sur le devant, le nom SÉCU-ARGENT, était imprimé en toutes lettres. Je plongeai la main dans la boîte pour en retirer une chemise portant le même logo. À l'effarement d'Edgar, je me ruai à l'étage.

*

— Vous en avez pris du temps!

— Du bon, on l'espère!

Clémence a ouvert cinq Moët & Chandon Impérial et les a distribués.

— À la bonne vôtre!

— À vos amours!

— Gling! Gling!

— Edgar? Si tu nous jouais un morceau?

— Vous savez bien qu'avec mes doigts... Demandez plutôt à Dufort! L'étoile montante!

— J'apporte les desserts!

— On s'flambe un p'tit brésilien, Thierry?

Labrosse haussa les épaules, se tourna vers Clémence, laquelle, dans l'expectative d'un baiser, arrondit les lèvres et ferma les yeux. Labrosse l'a soulevée de terre pour la porter au salon.

— Oh!

*

Les doigts de Dufort couraient sur le clavier, les miens étreignaient mon calepin. J'essayais de ne pas penser aux habits du cambrioleur, lequel prenait, dans mon esprit, les traits de l'ancêtre qui avait servi à dissimuler le coffre-fort et les billets qui avaient alimenté nos feux.

Edgar annonça le Paris-Montréal, bourré de crème et poudré de sucre. Labrosse alluma les cinq chandelles embourbées dans la crème pâtissière en même temps qu'une cigarette.

— Faisons un vœu!

— Je.... Euh...

— Tut! Faut le garder pour soi, sinon il s'réalisera pas.

— L'important c'est d'y croire.

— Le mien s'est déjà réalisé!

— On peut savoir alors?

Les chandelles illuminèrent nos visages qui semblaient s'être rapprochés pour la prise d'une photo.

*

— Et si on s'foutait en l'air?

— Désolé, Edgar, moi j'fais partie des suicidés qui ne passent pas à l'acte.

Les chandelles disparurent sous l'épaisse couche de glaçage à la noix de coco, au moment où un bruit de moteur se fit entendre. Les phares d'une voiture répandirent dans la pièce leur lumière, le temps pour Clémence d'ajuster son voile, Thierry d'enfoncer encore plus profondément son haut-de-forme, Edgar de remettre en place la perruque fondant noir qui gonflait sa poche et Dufort, de resserrer son nœud de cravate.

Une bouteille se renversa, éclata en mille morceaux sur le plancher, éclaboussant de son liquide rouge le tapis, y dessinant une étoile.

— Paf!

Sans hâte, nous avons fait marche vers la sortie. Labrosse nous poussait à accélérer le mouvement.

— Ce serait dommage de passer le printemps en tôle.

— On ne manquerait pas de compagnie, lança Edgar en m'adressant un clin d'œil tandis que le nom de Rodrigue Rodriguez tournait dans ma tête comme un rat de laboratoire sur une roue.

ÉPILOGUE

L ABROSSE glissa les clés sous le vase de géraniums qui avaient repris une certaine vigueur.
À quelques pas de nous, les propriétaires déchargeaient la fourgonnette de ses nombreux bagages sans se douter de notre présence. Nous en avons profité pour nous éclipser en douce, sous le sourire complice d'une lune en croissant.

Quelques jours plus tôt, une ouverture avait été trafiquée dans la clôture par Labrosse et Dufort dans le but de faciliter notre évasion.

— Mais où elle est?

— C'est c'qui arrive quand l'travail est trop bien fait.

— Il me semble que c'était davantage sur la gauche.

— T'es sûr?

C'est de l'Étoile qui, à ses dépens, découvrit l'emplacement secret.

— Ouille!

— La voilà!

— Ça va, Edgar?

— Direct dans l'panneau!

— Au suivant! Après vous, chère dame...

*

Avant de nous séparer, à l'endroit même où le chauffeur maussade nous avait laissé quelques mois plus tôt, j'ai fait remarquer à Clémence que *La Chute* était restée sur place.

— On devrait retourner la chercher.

— Des plans pour qu'on nous mette la main au collet !

— Y'a sûrement un moyen...

— T'en fais pas, fille, y'a des choses qu'y' vaut mieux laisser derrière soi.

Un lampadaire, le dos cassé par toutes ses nuits de veille, répandait autour de lui sa lueur blanche. J'ai regardé partir Clémence, Edgar, Thierry, Eugène. Chacun son chemin. Puis l'affolement m'a gagnée. J'ai heurté la marche du trottoir. Je me suis arrêtée pour écouter la musique de mon cœur qui battait la chamade. Je ne pouvais me résoudre à abandonner le tableau de Clémence aux mains d'un voleur. J'ai hésité, ne sachant sur quel pied danser. J'ai scruté le ciel à la recherche d'indices :

— Virgile ?

Je le revoyais sur sa bicyclette.

— Je pédale vite ! Oui, maman ?

— Regarde devant, Virgile, quand on avance, on regarde devant.

J'ai repensé à Clémence et j'ai souri. « C'est vrai. T'as raison Clémence. Il vaut parfois mieux laisser certaines choses derrière soi. » Mes talons ont repris leur cloc ! cloc ! sur le ciment.

J'ai regardé devant. Sans me presser, j'ai marché ; j'ai marché tandis que ma tête chantait et que mes talons claquaient.

Bien sûr, l'amour
Comme s'il existait
Ce n'est qu'un accident
De parcours
Un velours
Pour adoucir le temps

Bien sûr, l'amour
Comme on le rêvait
Conte merveilleux
À rebours
Quelques jours
Juste pour nous deux

Bien sûr, l'amour
Était tout prêt
Suffisait de bien regarder
Aux alentours
Nuit et jour
Pour ne pas le rater

Bien sûr, l'amour
On se trompait
Les apparences
Aux détours
Tour à tour
Mentaient

Bien sûr, l'amour
Cela renaît

Même éraflé
À contre-jour
Même lourd
Espérer

Bien sûr, l'amour
On le tenait
Sans s'en douter
Lui faire la cour
Lui faire l'amour
Et le briser

Bien sûr, l'amour
Existait
Pour ralentir le temps
Qui court
Toujours
Se mêler au vent

Merci à ma mère qui m'a transmis le goût des livres.

Merci à Sylvie Lavoie qui a composé la musique de la chanson *Bien Sûr*.

Merci à André Brosseau qui a créé l'illustration de la page couverture.

Table des matières

DU MÊME ÉDITEUR

Pascale Bourassa
Le puits, roman

Yves Chevrier
Pourquoi je n'ai pas pleuré mon frère, roman

Patrick Dion
Fol allié, roman

Alain Gagnon
Propos pour Jacob, essai

Frédéric Gagnon
Nirvana blues, roman

Caroline Moreno
Château de banlieue, roman

Jean-Marc Ouellet
L'homme des jours oubliés, roman

Michel Samson
Ombres sereines, récits

Dany Tremblay
Le musée des choses, nouvelles
Tous les chemins mènent à l'ombre, nouvelles

François Vadeboncœur
Maria De Colores, roman

Jean-Pierre Vidal
Petites morts et autres contrariétés, nouvelles

Château de banlieue,
douzième ouvrage de la collection
« La Grenouille bleue »,
a été achevé d'imprimer à Gatineau,
sur les presses de l'Imprimerie Gauvin,
en juillet deux mille onze
pour le compte des Éditions de La Grenouillère.

RECYCLÉ
Papier fait à partir
de matériaux recyclés
FSC® C100212